지적교양 지적대화

걸작
문학작품속
명언 600

헤밍웨이같이 사유하고, 톨스토이처럼 쓰고

지적교양 지적대화

걸작 문학작품속 명언 600

김태현 펴냄

RITEC CONTENTS

·시작하며·

문학의 가치를 깨닫다

문학은 금싸라기를 고르듯 선택된 생활 경험의 표현이다. 고도로 압축되어 있어 그 내용의 농도가 진하다. 짧은 시간에 우리는 시인이나 소설가의 눈을 통하여 인생의 다양한 면을 맛볼 수 있다. 마음의 안정을 잃지 않으면서 침통한 비극을 체험할 수도 있다.

_피천득, 「순례」 中

많은 작가들이 책을 쓸 때 자신이 깨달은 삶의 지혜를 녹여 내거나 소중한 경험을 담습니다. 그리고 문학은 인간과 세상에 관한 치열한 고민과 사유 끝에 창조되는 예술입니다. 하지만 고전 소설은 오래된 책일수록 두께가 두껍고, 페이지 넘기기가 어렵지요. 이 책은 바쁜 현대인들이 그러한 작품에서 얻을 수 있는 통찰력을 놓치지 않게끔 돕기 위해 집필되었습니다.

독서량이 점점 줄어드는 이 시점에도 세계의 명작은 꾸준히 전해져오고 있습니다. 나의 깨어 있는 의식, 나의 존재를 한순간 붙잡아 매료시키는, 마치 세계의 비밀과 지혜에 대한 열쇠와도 같은 문장을 문학작품 속에서 만난다면 큰 행운일 것입니다. 훌륭한 문학작품은 훌륭한 철학서 못지않은 파급력을 지닙니다. 어쩌면 인생을 바꿀 수 있는 작품이 찾아올 수도 있고요.

사람은 누구나 자유로운 존재가 되고 싶어 합니다. 하지만 현대인들은 내가 아닌 남이 되려고 노력하기 때문에 스스로를 구속하며 살고 있습니다. 세상의 제도와 규율, 다른 사람의 기준과 시선 등에 맞추어 살면서 정작 우리 자신을 잃어버리고 자유롭지 못한 삶을 살고 있는 것입니다.

자유로운 사람은 곧 강한 사람입니다. 문학작품으로 세계에서 인정받은 대문호야말로 삶에 대한 깊은 사유를 예술로 승화시킴으로써 자유를 찾은 사람들입니다. 언어 예술을 생의 업으로 삼았던 그들이 남긴 명언은 인생을 아름답게 만들어 줍니다.

여러분도 문학을 통해 한 걸음 더 자유로워지기를 바랍니다.

김태현

목차

제2장 반항하는 삶
_인간 내면을 탐구한 문학작품 속 한 문장

제3장 연인에게 보내는 편지
_사랑을 노래한 문학작품 속 한 문장

제6장 21세기 이후의 인간
_미래를 엿보는 문학작품 속 한 문장

제7장 문학의 정수를 맛보다

_세계의 명시(名詩) 속 한 문장

제1장

꿈은 이루어진다

_성장을 이야기한 문학작품 속 한 문장

여러분은 어릴 적에 남몰래 품었던 꿈을 기억하고 있습니까? 무엇이 되고 싶었는지 기억하고 있나요? 그렇다면 지금은 그 꿈을 어떻게 간직하고 있는지 스스로에게 되물어 봅시다.

대부분의 사람들은 다람쥐 쳇바퀴 돌듯 바쁜 삶을 반복하며 자기도 모르게 꿈을 잃어가고 있습니다. 그것의 소중함을 잃지 않기 위해 문학을 읽습니다. 문학 속 인물들의 성장담을 듣고 있노라면, 다시금 꿈을 향해 날개를 펼치고 비상하고 싶어집니다. 그러니 진심을 담아 여러분 자신과 주변 사람들을 응원해 보는 건 어떨까요?

1-1

#자전적 이야기 #선과 악
#새는 알을 깨고 나온다

『데미안』_헤르만 헤세

방탄소년단의 앨범 〈WINGS〉의 모티브가 되었다는 사실이 밝혀지면서 베스트셀러 순위에 다시 오르게 된 헤르만 헤세의 『데미안』은 많은 이들이 인상적인 성장소설로 꼽는 소설이다. '에밀 싱클레어의 젊은 날 이야기The Story of Emil Sinclair's Youth'라는 부제가 붙은 이 소설은 싱클레어가 10대 시절 만난 수수께끼 같은 소년 막스 데미안Max Demian과의 관계를 회고하는 내용이다. 데미안은 친구이자 멘토 역할을 하며 싱클레어로 하여금 새로운 세계에 눈뜨도록 돕는다.

001 원래 인간에겐 집이란 건 없어요. 근원적으로 친밀감을 느끼는 사람들과 만났을 때 한동안 집에 온 것 같은 느낌이 드는 거죠.

002 인간의 일생이라는 것은 모두 자기 자신에게 도달하기 위한 여정, 아니 그러한 길을 찾아내려는 실험이며, 그러한 오솔길의 암시이다.

003 우리가 어떤 사람을 미워한다면, 우리는 그의 모습

속에, 바로 우리들 자신 속에 들어앉아 있는 그 무엇인가를 보고 미워하는 것이지. 우리들 자신 속에 있지 않은 것, 그건 우리를 자극하지 않아.

004 우리도 오로지, 소망이 내 자신의 마음속에 온전히 들어 있을 때, 정말로 내 본질이 완전히 그것으로 채워져 있을 때 그런 무엇을 수행하거나 충분히 강하게 원할 수 있다.

005 우연이란 존재하지 않는 것이 맞았다. 무엇인가 간절하게 원했던 것이 실현된다면 그것은 우연이 아니다. 자신의 간절한 소망과 필요가 그곳으로 인도한 것이다.

소설의 화자이기도 한 싱클레어의 시점으로 진행되는 데미안은 청소년기의 혼란, 강력한 정신력과 지성을 가진 친구를 만난 데서 비롯된 놀라움과 든든함, 여러 기존 가치와 질서에 대한 의문, 연상의 여인에게서 느끼는 사랑의 감정 등을 다루고 있다. 재미있는 사실은, 여기서 기존 가치와 규범에 관한 질문을 던지는 태도가 종교에 도전적인 면을 보이기 때문에 보수적인 기독교인들 사이에서 금기시된 책이기도 하다는 점이다.

006 똑똑한 이야기를 늘어놓는 건 전혀 가치가 없어, 아

무런 가치도 없어. 자기 자신으로부터 떠날 뿐이야. 자기 자신으로부터 떠나는 건 죄악이지.

007 신이 우리를 외롭게 만들어 우리들 자신에게로 인도할 수·있는 길은 많이 있다. 그런 길을 그때 신이 나와 함께 갔던 것이다.

008 새는 알에서 나오려고 투쟁한다. 알은 세계이다. 태어나려는 자는 하나의 세계를 깨뜨려야 한다.

009 내 속에서 솟아 나오려는 것, 바로 그것을 나는 살아보려고 했다. 왜 그것이 그토록 어려웠을까?

010 이따금 열쇠를 찾아내어 완전히 내 자신 속으로 내려가면, 거기 어두운 거울 속에서 운명의 영상들이 잠들어 있는 곳으로 내려가면, 거기서 나는 그 검은 거울 위로 몸을 숙이기만 하면 되었다. 그러면 나 자신의 모습이 보였다. 이제 그와 완전히 닮아 있었다. 그와, 내 친구이자 나의 인도자인 그와.

세상에 당연한 것은 없다. 선과 악은 인간이 만들어낸 개념이다. 모두 사회가 만들어낸 체제이고 이데올로기이다. 법과 정의 또한 사람이 만들었고, 종교의 교리란 때로 불합리하기 마련이다. 그러니 그것에 대해 깊게 고찰한다면 어떤 방식으로든지 성장할 수 있을 것이다. 데미안은 그것을 보여준다.

작가: 헤르만 헤세 Hermann Hesse, 1877~1962

1946년에 노벨문학상을 수상한 헤르만 헤세는 자전적인 내용의 성장 소설을 썼다. 엄격한 선교사 집안에서 나고 자란 만큼 종교에 관해 천착하고 규범을 의심하는 내용이 자주 등장하는데, 헤세는 후에 불교에 관한 관심을 보이면서 『싯다르타』라는 작품에서 그것을 풀어냈다. 중편과 장편은 대부분 국내 번역되었으나, 단편, 초기 시집과 수필, 습작이라 할 만한 몇 쪽 안 되는 환상동화 분위기의 단편은 아쉽게도 절판된 것이 많다.

1-2
#꿈꾸는 양치기의 여행
#진정으로 원하는 것 #자아의 신화

『연금술사』_파울로 코엘료

한 번쯤은 선물하거나, 선물 받아본 책으로 꼽는 베스트셀러인 『연금술사』는 파울로 코엘료를 세계적인 작가로 만들어 준 소설이다. 자아의 신화를 찾아 떠나는 어느 양치기의 이야기가 35개 이상의 언어로 번역되고, 세계적으로 1천만 부 이상 팔리며 감동을 선사한 것이다. 아랍의 전래동화를 바탕에 두고 '꿈을 찾아 떠나는 인물'을 배치한 이 작품은 자신이 진정으로 원하는 것이 무엇이고 또 삶의 의미는 무엇인지 끊임없이 질문을 던진다.

011 자아의 신화를 이루어내는 것이야말로 이 세상 모든 사람들에게 부과된 유일한 의무지. 세상 만물은 모두 한 가지라네. 자네가 무언가를 간절히 원할 때 온 우주는 자네의 소망이 실현되도록 도와준다네.

012 행복의 비밀은 이 세상 모든 아름다움을 보는 것, 그리고 동시에 숟가락 속에 담긴 기름 두 방울을 잊지 않는 데 있도다.

013 모든 사람이 같은 방식으로 꿈을 보는 것은 아니었다.

014 '자신의 꿈에 가까이 다가가면 갈수록 자아의 신화는 더욱더 살아가는 진정한 이유로 다가오는 거야.'

015 내가 때때로 불평하는 건, 내가 인간의 마음이기 때문이야. 인간의 마음이란 그런 것이지. 인간의 마음은 정작 가장 큰 꿈들이 이루어지는 걸 두려워해. 자기는 그걸 이룰 자격이 없거나 아니면 아예 이룰 수 없으리라고 생각하기 때문에 그렇지.

양치기 산티아고는 스스로 선택한 여정을 거치면서 이 '자아의 신화'를 깨우치게 된다. 꿈을 좇아가는 여정 속에서 산티아고는 끊임없이 자신을 변화시킨다. 양치기에서 장사꾼으로, 사막을 횡단하는 대상에서 연인으로 또 전사로, 산티아고는 매번 자신을 둘러싼 상황에 따라 변신하지만 절대 꿈을 포기하지 않음으로써 우주의 신비인 연금술의 원리를 찾을 수 있게 된다.

016 산티아고는 자기 고향의 오랜 속담 하나를 떠올렸다. '가장 어두운 시간은 바로 해뜨기 직전'이라는.

017 바로 그게 연금술의 존재 이유야. 우리 모두 자신의 보물을 찾아 전보다 더 나은 삶을 살아가는 것, 그게 연금술인 거지. 납은 세상이 더 이상 납을 필요로 하

지 않을 때까지 납의 역할을 다하고, 마침내는 금으로 변하는 거야.

018 아무리 먼 길을 걸어왔다 해도, 절대로 쉬어서는 안 되네. 사막을 사랑해야 하지만, 사막을 완전히 믿어서는 안 돼. 사막은 모든 인간을 시험하기 때문이야. 내딛는 걸음마다 시험에 빠뜨리고, 방심하는 자에게는 죽음을 안겨주지.

019 그래, 무언가를 찾아가는 매순간이 신과 조우하는 순간인 거야. 내 보물을 찾아가는 동안의 모든 날들은 빛나는 시간이었어. 매시간은 보물을 찾고자 하는 꿈의 일부분이라는 걸 나는 알고 있었어.

020 기회가 우리를 도우려 할 때 우리도 기회를 도와 할 수 있는 모든 일을 해야 합니다. 그것을 은혜의 섭리라고 하기도 하고 그때 초심자에게 행운이 올 수도 있습니다.

이러한 모험의 여정과 삶에 관한 끝없는 질문은 주인공과 함께 독자까지 성장하게 만들어 준다. 우리가 현실 안주, 자기 만족, 질투, 두려움, 또 부정적인 측면을 보는 시야에서 탈피할 때, 즉 양치기 산티아고처럼 단순한 마음으로 자신의 꿈을 좇을 때, 이 연금술의 비밀 혹은 '자아의 신화'는 깊은 체험의 순간으로 우리 안에서 실현될 수 있다.

작가: 파울로 코엘료Paulo Coelho, 1947~

전 세계 170개국 이상 81개 언어로 번역되어 2억 2천 5백만 부가 넘는 판매를 기록한 우리 시대 가장 사랑받는 작가이다. 저널리스트, 록스타, 극작가, 음반회사의 중역 등 다양한 방면에서 활동하다 1986년 돌연 이 모든 것을 내려놓고 순례를 떠난 그는 이 순례에 감화되어 첫 작품 『순례자』를 집필했다. 이윽고 2009년 『연금술사』로 '한 권의 책이 가장 많은 언어로 번역된 작가'로 기네스북에 기록되었다.

1-3

#극한의 상황 #소년 #역사의 소용돌이

『숨그네』_헤르타 뮐러

사람은 어떻게 사람으로 성장할 수 있는가? 우리는 다른 동물들과 다르게 생각하는 힘인 이성을 갖고 있다. 그 이성을 갖고 행동할 때 비로소 '다 큰 어른'이 된다. 그렇다면 동물보다 못한 환경에 처했을 때, 그것은 어떻게 이루어지는가. 우리는 이성을 갖고 어떻게 살아남는가. 헤르타 뮐러의 『숨그네』는 제2차 세계대전 후 루마니아에서 소련 강제수용소로 이송된 열일곱 살 독일 소년의 삶을 시적인 언어로 섬세하게 그려낸 작품이다. 작가는 철저하게 비인간적이고 비극적인 상황 속에서 포기하지 않고 살아남고자 하는 인간 삶의 모습을 섬뜩하면서도 아름답게 묘사해냈다.

021 돌아왔으므로 나는 말할 수 있다. 어떤 말은 사람을 살리기도 한다.

022 배고픈 설움을 표현할 적절한 말은 없다. 나는 지금까지도 배고픔을 상대로, 내가 그로부터 벗어났음을 보여주어야 한다. 더는 굶주리지 않아도 되었을 때부터 나는 글자 그대로 삶 자체를 먹는다.

023 가끔은 수용소의 물건들이 차례로 하나씩 떠오르는 게 아니라 무더기로 날 덮친다. 그래서 나는 안다. 물건들이 나를 찾아오는 건 내가 기억하려 해서가 아니라 나를 괴롭히기 위해서임을.

024 시멘트는 점점 줄어든다. 그렇게 저절로 사라질 것이다. 나도 시멘트로 만들어졌으니 점점 줄어들 것이다. 그런데 어째서 난 사라질 수는 없는 걸까.

025 키우기도 쉽고 보기도 좋은 나무인데 이름은 순 거짓말이군. 몸통이 하얀 나무이름이 어째서 검은 포플러야.

나는 대꾸하지 않았다. 그저 생각만 했다. 검은 에나멜이 칠해진 하늘 아래서 남은 밤을 지새우며 총살을 기다려봤다면, 그 이름은 더는 거짓이 아니라고.

열일곱 살 소년 레오폴트 아우베르크를 비롯한 독일계 소수민들은 노동 수용소에서 기본적인 욕구만 남은 고통스러운 일상과 끝없는 고독을 경험하며 삶과 죽음 사이에서 흔들린다. 제목 '숨그네'는 인간의 숨이 삶과 죽음 사이에서 그네처럼 흔들리는 것을 상징한다. 그만큼 작가는 수용소에서의 공포와 불안, 그리고 잿더미 속에서 발아하는 씨앗을 그리듯이 강렬한 시적 언어로 아름답게 승화시켰다.

026 점호시간에는 부동자세로 서서 나를 잊는 연습을 했다. 들숨과 날숨의 간격이 크지 않아야 했다. 고개를 들지 않고 눈만 치켜떴다. 그리고 하늘을 보며 내 뼈를 걸어둘만한 구름자락을 찾았다. 나를 잊고 하늘의 옷걸이를 찾으면 그것이 나를 지탱해 주었다.

027 우리는 샤워를 하고 벌거벗은 채 대기실에서 기다렸다. 뒤틀리고 비루먹은 몸뚱어리들, 벌거벗은 우리는 불량 판정을 받은 역축들 같았다.

부끄러워하는 사람은 없었다. 더는 몸이랄 것도 없는데 뭐가 부끄럽단 말인가.

하지만 우리가 수용소에 있는 이유는 몸, 육체노동 때문이었다. 몸이 줄수록 몸이 벌을 받았다. 이 껍데기는 러시아인들의 것이었다.

028 이 세상을 살아가는 동안 또다시 강제추방을 당한다면 나는 알아야 했다. 어떤 처음들은 내가 원치 않아도 다음으로 이어진다는 것을.

029 눈의 허기가 말했다. 너는 여전히 피아노야. 그래. 내가 말한다. 소리를 내지 못하는 피아노지.

030 작은 보물은 나 여기 있다 라고 적힌 것들이야.

그것보다 조금 큰 보물은 아직 기억나니 라고 적힌 것들이고.

그러나 무엇보다 큰 보물은 나 거기 있었다 라고 적

힌 것들이지.

사람들은 가끔 환경을 탓한다. 자신의 성장이 환경 때문에 더뎌진다고, 자신의 의지대로 움직이지 않는 세상 때문에 노력하지 않는다고 말한다. 하지만 이런 각박한 환경에서도 인간은 성장한다. 물을 너무 많이 준 화분의 뿌리가 썩는 것처럼, 성장에는 적절한 고난이 필요한 법이다. 그러니 뼈아픈 역사를 그리는 소설에서 인간의 희망을 찾는 것은 어쩌면 자연스러운 일일지도 모른다.

작가: 헤르타 뮐러 Herta Muller, 1953~

강인한 여성 작가인 헤르타 뮐러는 "응축된 시정과 산문의 진솔함으로 소외계층의 풍경을 묘사했다."는 평가를 받으며, 2009년 노벨문학상을 수상하였다. 그녀는 기계공장의 번역가로 일하던 중 독재정권 치하에서 비밀경찰의 끄나풀이 되어달라는 요구를 거부해 해고됐다. 프랑크푸르트 도서전에서 루마니아 독재를 비판하는 발언을 한 뒤에는 루마니아에서 출판활동을 금지당했고, 1987년에 독일로 망명했다. 망명 후에는 고향에 대한 그리움과 함께 소수민족으로서의 정체성을 유지한 채 독재를 비판하는 작품을 써왔다.

1-4

#여성주인공#사랑과 성장#성장소설

『제인 에어』_샬럿 브론테

소년만이 성장하는 것은 아니다. 『제인 에어』는 고아로 외롭게 자란 소녀가 당당한 여성으로 독립적인 삶을 살기까지의 시련과 극복의 과정을 그린 성장 소설이다. 샬럿 브론테는 당시 여성에 대한 사회적 편견을 의식하여 초판을 출간할 때 커러 벨Currer Bell이라는 중성적인 필명을 사용했는데, 출간 직후 두 달 만에 2쇄를 찍는 등 엄청난 성공을 거두었다. 이후 작가가 여성이라는 사실이 알려지고 나서는 영국 문학계에 크나큰 센세이션을 일으키기도 했다.

031 아이들은 마음으로 느껴도 자기 느낌을 분석할 수는 없다. 설령 머릿속에서 얼마쯤 분석이 이루어지더라도 그 결과를 말로 표현하는 법을 알지 못한다.

032 인간은 무언가를 사랑해야만 하는 존재인지라 달리 애정을 쏟을 대상이 없었던 나는 조그만 허수아비처럼 초라하고 빛바랜 무생물을 사랑하고 귀여워하는 일에서 그럭저럭 기쁨을 찾았다.

033 세상에 완전한 사람이 어디 있겠는가! 아주 깨끗한

달의 표면에도 티는 있게 마련이다.

034 "채소를 먹으며 서로 사랑하는 것이 살찐 소를 먹으며 서로 미워하는 것보다 나으니라."

035 진짜 세상은 넓다는 사실을, 그 광대함으로 나아가 세상의 위험 속에서 진정한 삶의 지식을 추구할 용기가 있는 자들을 희망과 두려움의 감각과 흥분의 다채로운 장이 기다리고 있다는 사실을, 이제 나는 기억해 냈다.

브론테는 주인공 제인 에어의 목소리를 빌려 한 여성이 자신의 지나온 삶을 회상하는 형식으로 이야기를 전개한다. 이러한 1인칭 주인공 시점은 독자들로 하여금 제인의 개성과 열정, 생각과 감정을 더욱 직접적으로 받아들이게 한다. 『제인 에어』는 19세기 영국의 보수적인 사회 분위기 속에서 억압된 소녀의 목소리로 탄생했다. 그 당시 여성은 가정과 남성에 헌신함으로써 존재의 의미를 찾을 수 있었는데, 이 소설에서 제인은 스스로를 자신의 주인이라고 말하고 스스로의 행복을 만들어갔던 것이다.

036 겉모양은 젊은이에게 지대한 영향을 미친다. 나에게도 가시와 수고만이 아니라 꽃과 즐거움까지 있는 아름다운 삶의 한 시기가 열리고 있는 느낌이었다.

037 인간에게 평온한 삶에 만족하라고 말하는 것은 별로 소용없는 일이다. 인간에게는 활동이 필요하고, 그걸 찾을 수 없으면 만들어 내기도 하는 법이다.

038 관습이 허락하는 것보다 더 배우거나 더 많은 일을 하고자 한다고 해서, 그들을 비웃거나 단죄하는 것은 생각이 얕은 자들의 경솔한 행동일 뿐이다.

039 말의 내용뿐 아니라 말하는 태도에 대해서도 솔직하고 진솔한 태도였소. 그런 태도는 자주 보기 힘들지. 아니, 반대로 허식이나 냉담함, 어리석고 천박한 오해가 흔히 솔직함의 보상이 되지.

040 난 새가 아니에요. 어떤 그물로도 날 가두지 못해요. 난 독립적인 의지를 지닌 자유로운 인간이에요.

주인공은 희생과 순종만을 강요하는 사회 안에서 살면서도 이에 굴하지 않고 자신이 받는 부당한 대우에 분노하고 저항하며 꿋꿋하게 살아나간다. 이러한 열정과 독립적인 존재로 거듭나고자 하는 자각의 과정은 현대 시대에서도 한 사람의 성장에 영향을 미칠 수 있는 좋은 고전 작품이다. 분량이 조금 묵직한 소설이긴 하지만, 읽다보면 어느새 한 인물의 생애를 따라 함께 걸어가는 귀한 경험을 할 수 있을 것이다.

작가: 샬럿 브론테 Charlotte Bronte, 1816~1855

글을 써서 인정받았지만, 외로운 생애를 보냈다. 샬럿 브론테는 6남매 중 셋째 딸로 태어났으나 다섯 살에 어머니를 여의고 나머지 형제들 또한 먼저 보내며 외로운 생애를 보낸 작가이다. 작품에 등장하는 '로체스터 씨'는 작가 본인이 실제로 좋아했던 기숙사 학교의 기숙사장을 모티브로 삼은 인물이라고 한다. 『제인 에어』가 큰 호응을 얻었을 당시 동생들을 잃은 브론테는 슬픔에 빠진 채 청혼을 거절하다 38세에 네 번째로 청혼했던 사람과 결혼했지만, 9개월만에 폐렴으로 숨지고 말았다.

1-5

#대공황#순애보#아메리칸드림

『위대한 개츠비』_F. 스콧 피츠제럴드

배우 레오나르도 디카프리오가 출연한 영화의 화려한 파티 장면을 연상하게 만드는 작품, 『위대한 개츠비』는 개츠비뿐만 아니라 소설의 서술자인 닉의 성장을 보여준다. '변화'라는 키워드가 아주 잘 어울리는 대공황 직전의 미국과 맞아떨어지면서, 이 소설은 미국의 명작이 된다. 제1차 세계대전 이후 무너져가는 아메리칸 드림을 그려낸 이 소설은 역동적이면서도 통찰력을 잃지 않는다. 개츠비는 왜 위대한가? 그런 물음을 갖고 소설을 읽어가다 보면 어느새 마지막 장에서 화자와 함께 쓴웃음을 지으며 인생에 대해 한 걸음 더 생각할 수 있을 것이다.

041 "누군가를 비판하고 싶어질 때마다, 세상 모든 사람이 네가 가진 장점을 다 가진 게 아니라는 사실만은 기억하렴."

042 내 삶은 하늘의 별처럼 되어야 해. 끊임없이 올라가야 하지.

043 일생에서 몇 번 경험하기 어려운, 영원한 확신을 약

속하는 듯한 그런 보기 드문 미소였다. 순간적으로 영원의 세계와 마주했다가—혹은 마주한 듯 보였다가는—곧 거부할 수 없는 무한한 애정을 담아 상대방에게 집중하는 그런 미소.

044 세상을 향한 그녀의 얼굴, 지루한 듯 도도해 보이는 그 표정이 뭔가를 숨기고 있는 듯했다. 처음에는 아닐지 모르지만, 가식적인 태도에는 결국 뭔가 감추는 게 있기 마련이다.

045 모든 사람이 기본적인 덕목은 적어도 하나씩 갖추고 있다고 생각하는데, 나에게도 그런 덕목이 있다. 바로 내가 알고 있는 정직한 사람 중 하나에 내가 속해 있다는 것이다.

『위대한 개츠비』는 기본적으로 비극적인 러브 스토리이다. 개츠비는 젊은 시절 한때 연인이었지만 지금은 부잣집 사모님이 된 데이지를 이제라도 다시 차지하기 위해 이를 악물고 돈을 벌어 성대한 파티를 벌인다. 하지만 밑바닥에서 치고 올라와 인생 역전을 이룬 개츠비도 안정적으로 세습된 부를 누리는 상류층의 세계로 들어갈 수는 없었다. 자수성가한 것이 아니라 대를 이어 부를 물려받은 재벌 2, 3세들은 사고방식부터 달랐기 때문이다.

046 그는 그렇게 오랫동안 마음속에 품어왔고, 죽도록 꿈꿔 왔으며, 상상할 수도 없는 열정으로 이를 악물고 기다려왔던 순간을 맞이하고 있었다.

047 그는 창조적 열정으로 자신의 모두를 그것에 쏟아붓고, 거기에 또 다른 환상을 덧붙이는가 하면, 여기저기에 떠도는 모든 찬란한 깃털들로 화려하게 장식했다. 어떤 순수함과 열정도 그가 유령 같은 마음속에 무수히 쌓아 놓은 그 환상에 비할 수가 없을 것이다.

048 그는 과거에 대해서 많은 이야기를 들려주었다. 그 이야기들을 통해, 개츠비가 아마도 스스로에 대한 어떤 특별한 관념, 데이지를 사랑하게 만든 그 관념을 회복하고 싶어 한다는 것을 알 수 있었다.

049 "죽은 뒤가 아니라 살아 있을 때 우정을 보여주도록 합시다." 그가 말했다. "죽은 뒤의 내 규칙은 만사를 그냥 내버려 두는 거요."

050 그렇게 우리는 물결을 거스르는 배처럼 끊임없이 과거 속으로 밀려나면서도 앞으로 나아가는 것이다.

이 작품을 번역한 소설가 김영하는 다음과 같은 문구로 요약하기도 했다.

"표적을 빗나간 화살들이 끝내 명중한 자리들."

우리는 과연 표적을 향해 제대로 화살을 쏘고 있는 것일까. 화살을 쏘는 이상 어딘가에는 꽂히기 마련이다. 우리는 진정으로 원하는 것을 제대로 겨냥하고 있는 것일까. 그 물음을 던지게 만드는 이 소설은 자본주의 사회를 살아가는 오늘날의 사람들에게 씁쓸한 물음과 정신적 성장을 가져다줄 것이다.

작가: F. 스콧 피츠제럴드 Francis Scott Key Fitzgerald, 1896~1940

왜 항상 좋은 작품을 쓴 작가는 비극적인 최후를 맞이하는 걸까? 피츠제럴드는 마치 개츠비처럼 돈 많은 미녀였던 젤다와 결혼하기 위해 문학적 성공을 꿈꾼다. 젤다는 그가 가난하다는 이유로 청혼을 거절했는데, 첫 작품이 인정받고 잘되자 결혼할 수 있었다. 하지만 결혼 후 방탕한 생활이 지속되면서 젤다는 신경 쇠약으로 입원하게 되고, 피츠제럴드 자신은 술에 탐닉하며 심각한 알코올 의존증에 시달리다 마지막 작품을 완성하지 못하고 44세의 나이로 숨을 거두었다.

1-6

#힐링 소설 #동심으로 돌아가기 #어른들은 이상해

『어린 왕자』_생 텍쥐페리

소년 소녀가 어른이 되는 것만이 성장은 아니다. 때로는 순수한 동심으로 돌아가는 경험이 성장이 되기도 한다. 동화 속 어린 왕자를 만난 주인공인 '나'는 사막에 추락한 파일럿으로, 어렸을 때 코끼리를 삼킨 보아뱀 그림을 그렸다가 화가라는 직업을 포기하고 비행기 조종사가 된 사람이다. '나'는 양을 그려달라는 어린 왕자의 부탁을 들어주면서 그의 별엔 화산이 셋 있고, 바오밥나무, 그가 사랑하는 꽃, 그 별에서의 생활들을 듣는다.

051 그리하여 나는 살아가면서 수없이 많은 성실한 사람들과 매우 많은 교제를 했다. 어른들 틈에서 많이 살아온 것이다. 나는 그들을 아주 가까이에서 보았다. 그렇다고 해서 그들에 대한 내 생각이 나아진 것은 아니었다.

052 그들은 코끼리를 삼킨 보아뱀을 이해하지 못한다. 그들에게는 "2만 달러짜리 집을 보았어요."라고 말

해야만 한다. 그러면 그들은 "야, 참 좋은 집이구나!"라고 소리를 지른다.

053 "내가 아는 어떤 별에는 시뻘건 얼굴의 신사가 살고 있어. 그는 꽃향기라고는 맡아본 적이 없어. 별을 바라본 적도 없고 누굴 사랑해 본 적도 없어. 그리고는 오로지 계산만 하면서 살아왔어. 하루 종일 아저씨처럼 '나는 중요한 일로 바쁘다!'라고 되풀이하고 있어. 그리고 그것 때문에 교만으로 가득 차 있어. 하지만 그는 사람이 아니야. 버섯이지!"

054 "그것이 가장 어려운 일이니라. 다른 사람을 재판하는 것보다 자기 자신을 재판하는 게 훨씬 어려운 법이니라. 네가 자신을 훌륭히 재판할 수 있다면 너는 참으로 지혜로운 사람이니라."

055 '저 사람은 다른 모든 사람들, 왕이나 허영심 많은 사람이나 술꾼이나 사업가에게 멸시를 받을 거야. 하지만 우스꽝스럽게 보이지 않는 사람은 그들 중에서 단지 저 사람뿐이야. 그건 아마도 저 사람은 자기 자신이 아닌 다른 일에 전념하고 있기 때문일 거야.'

어린 왕자와 여우의 대화는 우리에게 '관계'를 통해 삶의 진정한 의미에 대해 생각해 보게 한다. 무수한 것들 중에서 자신에게 특별한 의미를 갖게 되는 무언가로 새롭게 관계를 맺는 것, 그래서 수많은 여우들 중에 한 마리에 지나지 않던 존재가 이 세상에 하나밖에 없는 존재로 변하게 되는 것, 그것이 바로 서로를 '길들이는' 것이다. 그리고 그런 관계를 맺기 위해서는 참을성이 필요하며, 서로를 의식하면서, 책임 있게 행동해야 한다고 알려준다.

056 "예를 들어, 만약 네가 오후 4시에 온다면, 난 3시부터 행복해지기 시작할 거야. 난 시간이 갈수록 더더욱 행복을 느낄 거야. 4시가 되면 이미 흥분되어 안절부절못할 거야. 그래서 넌 내가 얼마나 행복한지를 보게 되겠지!"

057 어린 왕자는 장미에게 말했다. "너희들을 위해 죽을 사람은 하나도 없을 거야. 물론 지나가는 사람들은 내 꽃이 너희들과 비슷하다고 생각하겠지. 하지만 그 꽃 한 송이가 내겐 너희들 모두보다도 더 소중해. 내가 물을 주었기 때문이야. 내가 유리 덮개로 덮어 주었기 때문이야."

058 내 비밀은 이런 거야. 매우 간단한 비밀이지. 그것은 오로지 마음으로 보아야만 정확하게 볼 수 있다는 거야. 본질적인 것은 눈에는 보이지 않거든.

059 "난 나의 장미꽃에 대해 책임을 져야 해."

060 사막이 아름다운 것은 그것이 어딘가에 우물을 감

추고 있기 때문이야…….

사람이 사람과 함께 살기 위해선 서로를 진정으로 알아 가기 위해 참아야 하고, 자신의 잣대를 들이밀지 않으며 참아야 하고, 늘 생각하면서 특별한 의미를 부여해야 한다. 그리고 그 관계를 가꾸고 책임 있게 행동해야 한다. 하지만 때로는 아이들이 그것을 더 잘하는 경우가 많다. 우리 어른들은 자신의 불편함을 감수하고 남을 배려하는 태도를 가지지 않는 것에 대해 되돌아볼 필요가 있다. 어떤 사람을 만나도 측은하게 바라보는 어린 왕자의 심성은 잠들어 있던 감성을 자극한다.

작가: 생 텍쥐페리 Antoine de Saint-Exupery, **1900~1944**

프랑스의 작가. 비행사를 겸업하며 틈틈이 깊은 사유가 담긴 따뜻한 글을 써내려갔다. 하늘을 사랑했고, 하늘에서 사라져간 생 텍쥐페리는 지금도 많은 이들의 마음속에 살아 있다. 그가 소설 속에 숨겨놓은 메시지와 명언은 삭막한 사막 같은 현대인의 가슴에 오아시스와도 같은 낭만을 선물한다. 프랑스에서는 전쟁이 끝난 뒤에 유로화가 채택되기 전까지 고유 화폐인 프랑스 프랑을 사용했는데, 그 중 4차 형태의 50프랑에는 생 텍쥐페리의 얼굴과 그의 비행선, 그 비행선의 이동경로, 어린 왕자와 코끼리를 삼킨 보아뱀이 그려져 있었다.

1-7

#과학과 이성 #계산적인 #모험의 의미

『80일간의 세계 일주』_쥘 베른

영국 런던에서 사는 필리어스 포그는 참 이상한 사람이다. 그는 계획적인 생활을 한다. 매일 같은 시간에 치과에 가서 항상 같은 자리에서 점심밥을 먹고, 이가 상한 곳을 치료한 뒤에 다시 같은 자리에서 저녁 식사를 한 후에, 밤 12시까지 카드놀이를 하고 나서 집으로 돌아오는 생활이다. 마치 쳇바퀴 돌 듯 같은 삶을 반복하는 현대인과 비슷하다. 하지만 이러한 그가 갑자기 80일 동안 세계 일주를 하는 대담함을 보일 수 있는 것은 무엇 때문일까?

061 "이보게 포그, 예기치 않은 재난이라도 당하게 되면 2만 파운드를 몽땅 날려버릴 수도 있어." 그는 웃으며 대답했다. "예기치 않은 재난은 세상에 존재하지 않아요."

062 "큰 도둑은 언제나 훌륭한 신사를 가정하고 있는 법입니다. 흉악한 얼굴을 가진 자들은 오히려 정직하게 살려고 애쓰지 않으면 안 되지요. 안 그러면 당장 체포될 테니까요. 하지만 신사인 체하는 놈들이야

말로 낯가죽을 벗겨 보지 않으면 안 됩니다."

063 지금은 우리를 비껴간 행운이 마지막 순간에 다시 나타날 수 있습니다.

064 필리어스 포그는 이렇게 대답했다. 나는 생각도 하지 않고 행동하는 건 성미에 안 맞는다.

065 "당신도 인간의 심장을 갖고 있군요!" 포그가 솔직하게 대답했다. "뭐, 가끔 그렇지요. 시간이 있을 때 말입니다."

포그가 계획한 세계 일주는 영국의 런던을 출발하여 프랑스의 파리, 이집트의 수에즈, 예멘의 아덴, 인도의 뭄바이와 콜카타를 거치고, 싱가포르와 홍콩, 일본의 요코하마, 미국의 샌프란시스코와 뉴욕, 영국의 리버풀을 지나 다시 런던으로 돌아오는 긴 여행이었다. 그리고 그들이 사용할 모든 교통수단의 출발과 도착 시각을 기록해서, 가장 짧은 시간을 계산하면 80일이 된다. 이렇듯 수학적, 계산적 면모와 공상과학이 엿보이는 쥘 베른의 위트 있는 문체는 포그의 성격을 통해 드러났다.

066 "세계 일주라고요!" 그가 중얼 거렸다. "80일 동안 할 걸세." 포그씨가 대답했다.

"그래서 한순간도 낭비할 수가 없네." "짐가방은 필

요없네. 여행용 손가방 하나면 되네. 그 안에 셔츠 두 벌과 양발 세 켤레…."

067 길고 곧은 선으로 이루어진 거대한 바둑판같은 도시에는 빅토르 위고가 말했듯이 '직각의 애달픈 비애'가 가득 차 있었다.

068 하루만 늦어도 뉴욕을 떠나는 배를 타지 못할 것이다. 그렇게 되면 내기에는 절대 이길 수 없다. 하지만 '이것은 나의 의무!'라고 생각하자 그는 망설이지 않았다. 그는 가장 짧은 시간 안에 세계 일주를 이뤄내야 하기 때문이었다.

069 우리가 이미 지적했듯이, 그 괴팍한 신사는 내기에 이겨서 큰돈을 벌려고 한 것이 아니라 내기를 통해 어려운 일에 도전하고 싶었을 뿐이다.

070 그는 이 여행에서 무엇을 가지고 돌아왔는가? 아무것도 없다고 사람들은 말할까? 확실히, 한 아리따운 여성 말고는 아무것도 얻은 게 없었다. 그러나 좀 믿어지지 않는 일이지만, 그 여성은 그를 세상에서 가장 행복한 남자로 만들었다. 사실 우리는 그보다 훨씬 하찮은 것을 위해서라도 세계 일주를 하지 않을까?

규칙적인 틀 안에서 벗어나지 않던 사람이 한 순간에 대담한 모험가로 돌변하려면 어떤 용기가 필요할까? 이렇게 차갑고 기계적으로 보이는 사람이 소설의 끄트머리에서 선택하는 것은 진실된 사랑이다. 사랑은 성장에 있어서 없으면 안 되는 중요한 양분이라고 할 수 있다. 사람의 마음이 성장하려면 누군가와 사랑을 주고받아야 한다. 정확하고 이성적이면서도 예상치 못한 변화 앞에서까지 침착하게 의무를 다하는 포그의 이미지는 소설의 재미를 더하면서도 우리에게 교훈을 준다.

작가: 쥘 베른 Jules Verne, 1828~1905

쥘 베른은 법학을 공부했지만, 나중에는 소설을 썼다. 지인의 경기구 설계도에서 영감을 받아 썼던 『기구 여행』이라는 첫 작품이 히트를 치고, 이후로 『경이의 모험』이라는 시리즈물로 54권이나 되는 작품들을 써냈다. 미지의 세계로의 모험과 새로운 문명의 이기를 다루는 SF(공상과학) 소설을 주로 집필했는데, 그의 작품들을 관통하는 이 두 가지 테마는 인간의 진보에 강한 확신을 품고 있던 당시 서구권에서 열광적인 환영을 받았다. 그의 작품들의 인기는 그가 사망하고 100년이 넘은 지금도 시들지 않고 있다.

1-8

#소년 #모험 #노예 제도

『허클베리 핀의 모험』_마크 트웨인

유명한 작가인 어니스트 헤밍웨이가 말했다. “미국의 모든 현대문학은 마크 트웨인의 『허클베리 핀의 모험』으로부터 나왔다. 그 전에는 아무것도 없었고, 그 후로도 없었다.” 그만큼 허클베리와 짐, 두 등장인물의 언행을 통해 그들이 상징하는 미국적인 자유의 정신과 당시 사회상이 잘 드러난다. 그렇기에 이 책은 지금까지 가장 미국적인 소설로 평가받고 있다. 『톰 소여의 모험』에 이어지는 이 모험담은 첫머리부터 교훈을 찾지 말라는 대담한 선언으로 시작된다. 모험과 성장은 매우 가까운 말일 것이다.

071 이 이야기에서 어떤 동기를 찾으려고 시도하는 자는 기소한다. 여기에서 어떤 교훈을 찾으려고 하는 자는 추방한다.

072 세상에는 그런 식으로 나오는 사람들이 있는 법이다. 아무것도 모르면서 어떤 일을 비난하는 군상 말이다. 나는 그런 부류의 사람들이 아주 질색이었다.

073 나는 속으로 중얼거렸다. 사람들이 달라고 기도하

면 무엇이나 얻을 수 있다고 하면 어째서 디콘 윈은 돼지고기 거래에서 잃은 돈을 되찾지 못하는 걸까?

074 다음날 아침 사는 게 지루하고 따분해져서 나는 무슨 신나는 일이 있었으면 좋겠다고 말했다.

075 밤은 깊어지고 폭풍은 몰아치고 모든 게 매우 신비롭게 느껴졌기 때문에 강 한가운데에 저렇게 슬프고 외롭게 누운 난파선을 볼 때 나는 여느 소년이 느꼈을 감정과 다름없는 감정을 느꼈다.

미시시피 강을 따라 떠나는 뗏목 여행으로 허클베리와 짐이 자유를 추구하는 모습은, 독자가 자유를 향해 전진할 수 있는 동기와 용기를 선사한다. 짐이 노예 제도가 부여하는 육체적인 구속과 속박으로부터의 자유를 추구한다면, 헉은 문명사회가 부여하는 모든 제약이나 구속에서의 해방, 즉 정신과 영혼의 자유를 추구한다. 독자도 흑인에 대해, 또 세상에 대해 지녔던 자신의 편견으로부터의 자유를 선사받는다.

076 젠장. 그렇게 조바심 내지 마라. 사람은 누구나 살면서 어려운 일과 마주한다. 그리고 그것이 앞을 막아도 그냥저냥 살게 되기 마련이란다.

077 나는 더는 그에게 야비한 술수를 쓰지 않았다. 그가 그렇게 느낄 줄 알았더라면 난 그런 장난은 치지 않

았을 것이다.

078 내가 올바르게 행동해서 짐을 포기했다면 지금보다 기분이 나아졌을까? 아니지, 분명 기분이 나빴을 거다. 지금과 똑같은 기분일 거다. 그렇다면 옳게 행동해도 괴롭고 그릇되게 행동해도 괴롭지 않고, 양쪽의 보답이 같다고 하면 옳게 행동하는 법을 배운다는 것이 무슨 소용 있단 말인가 하고 되뇌었다.

079 원한이란 이런 거야. 한 사람이 다른 어떤 사람과 다투다가 그를 죽이거든. 그러면 죽은 사람의 형이 그를 죽이는 거지. 그러면 양쪽의 다른 형제들이 서로를 잡으러 나서거든. 그러다가 사촌들이 끼어들게 되지. 마침내 모두가 살해되면 이제 더는 원한은 없어지는 거야.

080 더는 쓸 이야기가 없다. 그래서 나는 무척 기쁘다. 왜냐하면 책을 하나 쓴다는 것이 이렇게 고생스런 것임을 알았더라면 아마 이 작업에 덤벼들지 않았을 것이고 두 번 다시 이런 짓은 하지 않을 것이다.

마크 트웨인이 발표한 많은 작품 중에서 이 작품은 가장 중요한 소설로 평가되며, 미국 문학사뿐만 아니라 세계 문학사에서 고전으로 취급된다. 하지만 이 소설이 제대로 빛을 보기까지는 많은 어려움이 있었다. 이 책은 처음 출간되면서부터 '불량 도서' 판정을 받았던 것이다. 주인공인 허클베리가 거짓말과 욕설, 상스런 말을 밥 먹듯이 하며, 당시 미국 사회의 주춧돌이라고 할 수 있는 기독교와 도덕 그리고 학교 교육을 조롱하고 거부하기 때문이다. 사회 문제를 일으켰던 작품이 세계의 명작으로 손꼽히는 것은 시사하는 바가 크다. 지금 당장의 가치만이 중요한 것이 아니다.

작가: 마크 트웨인 Mark Twain, 1835~1910

마크 트웨인은 생활의 체험을 소재로 한 많은 작품을 발표하여, 그 속에 자연 존중, 물질 문명의 배격, 사회 풍자 등을 표현하면서 유머와 풍자에 넘치는 작품 경향을 보였다. 나중에는 인류에 대한 절망, 비관론자가 되어 『인간이란 무엇인가』, 『보지 못한 소년』 등을 남겼다. 그는 기독교 근본주의를 비판하며 "예수께서 지금 여기 계시다면, 그 분께서는 기독교인이 되려 하지 않으실 것이다."라는 말을 남긴 것으로도 유명하다. 그래서 반기독교인으로 오인받기도 하였다.

1-9

#자퇴 #문제아 #오늘만 산다

『개밥바라기별』_황석영

한국 문학에도 수많은 성장 소설이 있다. 그리고 우리는 한 번쯤 사회 시스템에 대한 질문을 던진 적이 있을 것이다. 학교는 왜 다니지? 좋은 대학을 나와서 좋은 직장을 가고, 결혼을 하고 남들처럼 사는 것에 과연 의미는 있으며, 그렇게 사는 것이 가능할까? 사춘기 시절 겪는 방황은 이런 혼란과 감정의 격동 사이에서 일어나는 것이다. 황석영은 주인공 '유준'을 중심으로 1960년대의 현실을 사실적으로 드러내며 당대 청춘들이 겪었던 방황과 좌절을 써내려갔다.

081 나는 그 순간에 회한덩어리였던 나의 청춘과 작별하면서, 내가 얼마나 그때를 사랑했는가를 깨달았다.

082 사실 나는 세상을 올바르거나 그릇되게 대하려던 것이 아니라 타인에게서 나를 방어하고자 했을 뿐이다. 자유로운 떠돌이 판 신이라 한들 저 혼자 있을 적에, 가령 정신없이 갈대피리를 불고 나서 무슨 생각에 잠겼을지 아무도 모를 일이니까.

083 학교는 아이들의 개성을 사회적으로 거세하는 임무

를 위하여 세상에 나타났다. 관습이나 기호는 법이 나 제도로서 억압적으로 굳어진 경우도 있지만, 그런 것들로부터 인간이 놓여날 수 있게 되면 그는 자신이 원하는 대로 스스로의 삶을 창조할 수 있다.

084 조경사가 되면 근사할 거야. 구름 같은 푸른 가지를 하늘 꼭대기까지 뻗치고 서 있는 삼나무와, 몸집이 시뻘건 황토의 속살 같은 홍송을 온 벌판에 심을 거란 말야.

085 나는 궤도에서 이탈한 소행성이야. 흘러가면서 내 길을 만들거야.

유준은 고등학교를 자퇴하고 무전여행을 통해 정신적 성장을 도모한 뒤 공업학교의 야간부에 입학하여 문학상을 수상하고 대학에 진학한다. 그리고 대학시절 시위를 하다 유치장 신세를 지던 중 만난 장 씨를 따라 오징어잡이, 공사판 등의 직업들을 경험하면서 대학생으로서 배울 수 없었던 삶을 이해할 수 있게 된다. 우리는 쉽게 다른 이들의 삶을 무시하거나 이해하려들지 않는다. 유준은 자신만의 고유한 방법으로 성장한 인물이라고 할 수 있다.

086 선생님은 네 글이 훌륭하다고 그랬어. 학교에 대한 네 의견에도 동의한대. 그러나 이 편지에 나온 주장

은 너희가 이담에 어른이 되어 능력이 생긴 뒤에 학교를 세우거나 교육제도를 바꿔야 가능한 일이랬어.

087 아주 좋은 것들은 숨기거나 슬쩍 거리를 둬야 하는 거야.

088 금성이 새벽에 동쪽에 나타날 때는 '샛별'이라고 부르지만, 저녁에 나타날 때는 개밥바라기별이라고 부른다.

089 그때에야 비로소 내가 어른이 되려면 아직 멀었다는 걸 깨달았다. 우리들의 어른 흉내 내기의 굳건해 보이던 지반이 일시에 무너져 내리는 듯했다. 성인으로 들어가는 입장권 같은 건 더더구나 존재하지 않는다.

090 베트남으로 떠나는 여정에서 문득 이제야말로 어쩌면 영원히 돌아올 수 없는 출발점에 서 있음을 깨달았다. 그렇다고 불확실한 세계에 대한 두려움도 없었으며 살아 돌아올 수 있을지 없을지 따위의 생각조차 하지 않았다. 그렇다. 대위의 말대로 사람은 누구든지 오늘을 사는 거니까.

당대의 현실을 반영하는 소설의 주인공은 고등학교와 대학교의 교육과정에 한계를 느끼고 실천을 통해 스스로의 성장을 도모한다. 이러한 점에서 이 작품은 현실과 이상 사이에서 고민하는 청춘들의 모습을 형상화하고, 이들이 어른으로 성장해나가는 과정을 통해 세계에 대한 이해를 발견하게 하는 훌륭한 성장소설이다.

작가: 황석영黃晳暎, 1943~

2000년대 이후의 독자층에게 황석영은 그저 여러 가지 잡다한 역사적 사건을 체험한 이야기꾼 정도로 인식되는 경우가 잦지만, 젊은 시절의 그는 단편 소설 위주로 치열하게 문학 세계를 형성했던 작가였다. 프랑스에 소개되었을 때 한 문예지로부터 "고통을 지나치길 거부하는 글쓰기, 그러나 동시에 파멸에 굴복당하길 또한 거부하는 글쓰기. 작가라면 누구에게나 위대한 도전이 될 이러한 글쓰기를 황석영은 성취하고 있다."는 평을 듣기도 했다. 참여적인 행보를 보였던 그는 진보적인 역사관 내지 정치관을 가진 지식인으로 평가되고 있다.

제2장

반항하는 삶

_인간 내면을 탐구한 문학작품 속 한 문장

확고한 신념을 가진 사람이라도 다람쥐 쳇바퀴처럼 반복되는 생활 속에서는 야망을 잃어버릴 수 있습니다. 안일하고 편한 생활에 젖어 새로운 시도를 못하게 되는 것이지요.

건전한 욕망은 인간을 발전시킵니다. 우리가 기억할 것은, 인간의 정신이 늙는 것은 실패와 좌절 때문이 실패와 좌절에 주저앉을 때가 아니라 야망을 버릴 때라는 것입니다. 문학에 등장하는 독특한 괴짜 인물들은 저마다 사회와 부딪히는 야망을 꿈꾸고 있습니다. 그리고 그들은 불멸의 청춘으로 남아 많은 이들의 가슴에 불을 지피게 됩니다.

2-1

#반항아#욕쟁이 소설
#콜필드 신드롬

『호밀밭의 파수꾼』_제롬 데이비드 샐린저

케네디를 죽였다고 알려진 리 하비 오스월드가 저격했던 장소에서 나온 책이자 존 레논의 암살범 마크 채프먼이 암살 직후 "모든 사람들이 호밀밭의 파수꾼을 읽어야 한다."고 밝혀서 많은 사람들에게 충격을 줬던 바로 그 책. '반항아'라는 키워드로 바로 떠올릴 수 있는 비운의 수작이다. 많은 영화감독들이 이 소설을 영화화하고 싶어 했는데, 작가의 반대로 인해 아무도 홀든 콜필드를 연기하지 못 했다고 한다. 또한 책 표지에 아무런 상징물 없이 제목만 적혀 있는 것 또한 작가의 요청에 의해서라고 한다. 소설 속 문장들에는 유독 비속어가 많았는데, 그런 감정이 독자들에게 많은 통쾌함을 일깨워 주기도 하였다.

091 "인생은 시합이지. 맞아, 인생이란 규칙에 따라야 하는 운동 경기와 같단다." "예. 선생님. 저도 그렇다고 생각합니다." 시합 같은 소리 하고 있네. 시합은 무슨. 만약 잘난 놈들 측에 끼어 있게 된다면 그

때는 시합이라고 할 수 있을 것이다.

092 인생의 어느 순간에 자신이 가지고 있는 환경이 줄 수 없는 어떤 것을 찾는 사람들이 있기 마련이다.

093 걱정거리가 생기면 욕실로라도 가야 한다. 이번에는 가지 않았다. 꼼짝도 하지 못할 만큼 많이 걱정하고 있었기 때문이다.

094 "그게 바로 너 같은 바보들의 문제야. 어떤 일에도 토론이라는 걸 할 줄 모른다니까. 그래서 네놈은 늘 바보같이 말을 하는 거지. 절대로 지성적인 토론이라는 건 하고 싶어 하지 않으니……."

095 정말 환장할 노릇이다. 전혀 반갑지도 않은 사람에게 늘 "만나서 반가웠습니다." 같은 인사말을 해야 한다는 건 말이다. 그렇지만 이 세상에서 계속 살아가려면, 그런 말들을 해야만 한다. 그렇지 않으면 순식간에 손가락질 받는 이상한 사람이 되어버린다.

소설은 성적 부진으로 기숙학교에서 제적당한 홀든 콜필드가 3일 동안 뉴욕을 떠도는 내용으로 이루어진다. 자신의 우울함과 인간적인 실패로 깊이 상처받은 십대 소년으로서 홀든은 그가 마주치는 행복하거나 성공한 것처럼 보이는 사람들은 모두 거짓말쟁이나 바보라고 믿는다. 주변 사람들이 추구하는 좋은 집과 차, 많은 돈, 아름다운 여자와 안락한 삶 등의 통속적인 가치가 홀든에게는 의미 없는 것으로 다가오고, 그런 삶은 자신의 삶이 아니라고 여긴다.

096 예수님은 좋아했지만, 성경에 나오는 대부분의 내용들은 도저히 좋아할 수가 없다. 예를 들자면, 열두 제자 같은 것. 사실 난 그 제자라는 사람들이 정말 싫다. 그 사람들도 예수님이 죽은 다음에는 괜찮다고 할 수 있다. 하지만 예수님이 살아 있는 동안에는 예수님을 뜯어먹고 살았던 군식구에 불과했으니까 말이다.

097 창밖으로 뛰어내리고 싶었다. 어쩌면 그렇게 할 수 있었을지도 모른다. 내가 땅에 떨어졌을 때 누군가가 내 몸을 덮어줄 거라는 확신만 있었다면 말이다. 피투성이가 된 내 모습을 바보 같은 구경꾼들에게 보이고 싶지는 않았기 때문이다.

098 미성숙한 인간의 특징이 어떤 이유를 위해 고귀하게 죽기를 바라는 경향이 있다는 것이다. 반면 성숙한 인간의 특징은 동일한 상황에서 묵묵히 살아가기를 원한다는 것이다.

099 어떤 것들은 계속 그 자리에 두어야만 한다. 저렇게 유리 진열장 속에 가만히 넣어두어야만 한다. 불가

능한 일이라는 걸 잘 알고는 있지만, 그것이 불가능하다는 사실이 너무나도 안타깝다.

100 나는 늘 넓은 호밀밭에서 꼬마들이 재미있게 놀고 있는 모습을 상상하곤 했어. 어린애들만 수천 명이 있을 뿐 주위에 어른이라고는 나밖에 없는 거야. 그리고 난 아득한 절벽 옆에 서 있어. 내가 할 일은 아이들이 절벽으로 떨어질 것 같으면, 재빨리 붙잡아 주는 거야.

출판 당시 전 세계 젊은이들 사이에서는 소위 '콜필드 신드롬'이 유행했다. 이는 주인공 홀든 콜필드처럼 위선적인 기존 사회에 저항하고 본연의 가치와 순수를 찾으려는 청소년들의 성장통을 말한다. 이렇게 출간된 지 반 백 년이 지난 지금도 수많은 독자들의 사랑을 받고 있으며, 명실 공히 스테디셀러의 지위를 유지하고 있다.

홀든은 미국의 가치관으로 볼 때에는 사회 부적응자이지만, 자신만의 가치관 속에서는 자신의 신념을 지켜나가는 정상적인 인물일 뿐이다. 사람이 청춘을 지속할 수 있도록 만들어주는 야망은 다른 것이 아니라 바로 이 신념이다.

작가: 데이비드 샐린저 Jerome David Salinger, 1919~2010

이 소설의 주인공 홀든 콜필드처럼 세상의 모든 허위와 가식을 증오하고 모든 허위와 가식에서 벗어난 순수함을 동경하는 것이 샐린저 작품의 특징이라고 볼 수 있다. 그는 『호밀밭의 파수꾼』의 성공 때문에 조용히 살기가 힘들어지자 뉴욕을 떠나 뉴햄프셔의 시골로 가서 원시적인 삶을 살았다. 은둔하는 소설가라는 모습이 많은 사람들에게 강한 인상을 주었으며, 여러 창작물에 영향을 미치기도 했다. 만약 창작물에 '한 권의 소설만을 쓴 후 평생을 잠적한 소설가'가 등장한다면 샐린저의 영향을 받았을 가능성이 크다.

2-2

#이단아#재판#실존주의

『이방인』_알베르 카뮈

노벨문학상 수상자인 알베르 카뮈는 전쟁과 정치적으로 혼란스러운 사회를 겪으며 인간의 부조리에 대해 치열하게 써 내려갔다. 그는 삶이 얼마나 무의미한 것인지, 그리고 그 무의미 너머에 어떤 것이 있는지 탐구했다. 삶의 부조리란 개인의 욕구와 사회의 현실에서 오는 것이며, 이 부조리의 인식이야말로 참된 인간의 기본조건이라고 카뮈는 역설하고 있다. 뫼르소는 여러 비상식적인 행동을 하고, 어머니의 죽음이나 애인과의 사랑에서도 별다른 의식을 못하고, 죽기 직전에서야 의식이 깨어나고 행복을 느낀다는 것이 이 작품의 아이러니이자 백미, 그리고 비극적인 면모다.

101 오늘 엄마가 죽었다. 아니, 어쩌면 어제였는지도 모른다.

102 사람이란 알지 못하는 것에 관해서는 항상 과장된 생각을 품는 법이다.

103 엄마는 늘 말하기를, 사람은 무엇에나 결국은 익숙해지는 것이라고 했다.

104 나는 일요일이 다 지나갔고 엄마의 장례식도 끝났고, 내일은 다시 일을 시작해야 하니 결국 달라진 것은 아무것도 없다는 생각이 들었다.

105 사람이란 결코 생활을 바꿀 수도 없고, 어떤 생활이든 비슷비슷하며, 또 이곳에서 생활하는 것에 불만을 느끼지 못한다고 대답했다.

카뮈의 독특한 철학적 사유가 배경으로 깔려 있는 소설이기 때문에, 일반적인 윤리 의식을 갖고 있는 사람들이 주인공인 뫼르소의 행동을 그대로 받아들인다면 그는 그저 '부모의 죽음에 슬퍼하지도 않고, 살인을 저지르고도 아무런 죄책감을 느낄 줄 모르는 소시오패스' 이상이나 이하로 보일 수도 있다. 그러나 삶의 살과 열기 속에서 뿌리박힌 실존의식을 감각의 가능성 및 그것에 대한 소화, 반응에 대응하는 작중의 자아의 부유하는 정체성에 감정이입을 해 보면 반항하는 인간의 찬란함을 엿볼 수 있다.

106 나는 온몸이 긴장해 손으로 권총을 힘 있게 그러쥐었다. 방아쇠가 당겨졌고, 권총자루의 매끈한 배가 만져졌다. 그리하여 짤막하고 요란한 소리와 함께 모든 것이 시작되었다.

나는 땀과 태양을 떨쳐버렸다. 나는 한 낮의 균형과

내가 행복을 느끼고 있던 바닷가의 예외적인 침묵을 깨뜨려 버렸다는 것을 깨달았다.

107 그 순간 나는 움직이지 않는 몸에 다시 네 발을 쏘았다. 총알은 보이지도 않게 깊이 박혔다. 마치 불행의 문을 두드리는 네 번의 짧은 노크 소리 같았다.

108 나는 내가 다른 사람들과 똑같다는 것, 조금도 다르지 않다는 것을 제대로 설명하고 싶었다. 하지만 그런 것들은 모두 소용이 없는 일이었고 귀찮기도 해서 단념하고 말았다.

109 내 생각은 옳았고, 지금도 옳고, 또 언제나 옳다. 나는 이렇게 살았으나, 또 다르게 살 수도 있었을 것이다. 나는 이런 것은 하고 저런 것은 하지 않았다. 어떤 일은 하지 않았는데 다른 일을 했다. 그러니 어떻단 말인가?

110 내게 남은 소원은 오직 하나, 모든 것이 완성되고 내가 덜 외롭게 느껴질 수 있도록 내가 사형 집행을 받는 그날 많은 구경꾼들이 몰려 와 증오에 가득 찬 함성으로 나를 맞아 주었으면 하는 것뿐이었다.

어떤 번역본의 뒤표지에는 '진실을 위해서는 죽음도 마다하지 않는 순교자 뫼르소'라고 명시된 바 있는데, 진실을 위해 죽음도 마다하지 않는다는 표현은 뫼르소의 성격에서 우러나는 것이다. 예컨대 뫼르소의 변호사는 감형을 위해 최대한 말이 되게끔 입을 맞출 것을 제안했으나 뫼르소는 "아뇨, 그건 사실이 아니에요."라며 거짓을 받아들이지 않았다. 이뿐만 아니라 뫼르소는 작중의 어떤 사건이나 서술에서도 거짓을 거부하는 정의를 따르고, 일반인의 시점에서는 전혀 이해할 수 없는 그 특유의 고집을 부리기에 결국 사형을 언도받게 된다. 이와 같이 고집과 같은 신념이 사회와 자주 부딪히고, 파국으로 향하는 소설은 독자에게 큰 울림을 주기도 한다.

작가: 알베르 카뮈 Albert Camus, 1913~1960

프랑스의 철학자이자 작가, 신문 기자. 그의 견해는 부조리주의라는 철학이 대두하는 데 크게 기여했다. 그는 그의 에세이 『The Reverse』에서 그의 전 생애가 여전히 개인의 자유를 깊이 파고드는 동시에 허무주의 철학에 반대하는 데 헌신했다고 썼다. 그는 1957년 43세의 나이로 역사상 두 번째로 어린 나이에 노벨문학상을 받았다. 카뮈는 다른 사람들이 자신을 실존주의자로 분류함에도 불구하고 본인이 실존주의자라고 불리는 것을 거부했다. 그는 교통사고로 생을 마쳤는데, 아이러니하게도 생전에 했던 인터뷰에서 "자동차 사고로 죽는 것보다 더 의미 없는 죽음은 상상할 수 없다."란 말을 남긴 바 있다.

2-3

#태어나서 죄송합니다 #자기혐오 #우울감

『인간실격』_다자이 오사무

오직 삶에 충실하기만 하면 죽음이 너무 멀게 느껴지기도 한다. 그래서 때로는 죽음에 다다를 정도로 자기 내면을 파헤치고, 그것을 적나라한 기록으로 남겨 인간의 바닥을 직시하게 해 주는 문학작품이 한 인간을 흔들어놓는 법이다. 3회에 걸친 연재 중 마지막 회 발표 직전 작가가 자살하여 유서처럼 여겨지며, 읽으면 우울해지는 소설 중 하나로 유명하다. 『인간실격』은 실제로 다자이 오사무의 자전적인 이야기와 겹치는 부분이 있다. 그는 어쩌다 이렇게 우울한 이야기를 쓰게 된 것일까?

111 하여간 어디가 어떻다고 딱 꼬집어 말하기는 힘들지만 보는 사람을 오싹하게 하고 기분 나쁘게 만든다. 나는 이렇게 희한한 얼굴의 남자는 역시, 살면서 처음 봤다.

112 참 부끄러운 생애를 보내 왔습니다. 저는 인간의 삶이라는 걸 도무지 알지 못하겠습니다.

113 어릴 때부터 저는 행운아라는 말을 신물이 나도록

들어 왔지만 정작 저로서는 지옥에 사는 심정일 뿐, 제게 행운아라고들 하는 사람들이 오히려 저와는 비교도 안 될 만큼 안락해 보였습니다.

114 서로 기만하면서도 신기하게 아무도 상처 입지 않으며, 그렇게 기만하고 있다는 사실조차 깨닫지 못하는, 실로 눈부신, 그야말로 맑고 밝고 명랑한 불신의 예가 인간의 삶에 충만해 있습니다.

115 인간을 지독히도 두려워하는 사람일수록 오히려 더 무시무시한 요괴의 모습을 제 눈으로 똑똑히 보고 싶어 하는 심리. 신경질적이고 겁이 많은 사람일수록 폭풍우가 더욱 거세지기를 기도하는 심리.

이 작품은 타인의 앞에서는 이상하게 익살맞은 짓을 해 보일 뿐, 진짜 자신을 누구에게도 드러내지 않는 남자의 인생을 그 남자의 시점에서 그리고 있다. 주인공 "나"는 오오바 요조라는 가공의 인물로, 소설가가 아닌 만화가라는 설정이다. 소설에는 반복되는 자살 시도와 알코올 의존, 마약 등의 퇴폐적 요소가 등장하는데, 인간의 나약함을 보여주는 요소이기도 하다. 흔들리지 않고 피는 꽃이 어디 있으랴. 우울한 날에는 기분 전환을 하는 것도 좋지만, 이렇게 우울한 소설에 감정을 맡겨보는 것도 카타르시스를 느낄 수 있는 방법이다.

116 인간 세상에서는 비참한 패배자, 악한 사람을 두고 하는 말인 모양이지만 저는 저 자신이 태어난 순간부터 음지의 존재인 것 같은 생각이 들어서 세상 사람들이 음지인이라고 손가락질하는 사람들을 보면 늘 다정하게 대하고 싶은 마음이 듭니다.

117 그렇게 세상이란 한 개인이 아닐까 하는 생각을 품기 시작한 뒤부터 저는 이전까지보다는 그나마 조금 제 의지대로 움직일 수 있게 되었습니다.

118 세상. 저도 이제 그것이 무엇인지 어렴풋이나마 알기 시작했다는 느낌이었습니다. 개인과 개인 간의 싸움이며, 당장 그 자리에서만의 싸움이며, 게다가 그 자리에서 이겨야만 하는 싸움이다. 인간은 결코 인간에게 복종하지 않는다. 노예도 노예 나름의 비굴한 보복을 한다.

119 죄의 반대말이 법률이라니! 하지만 세상 사람들은 다 그런 식으로 안이하게 생각하며 새침한 얼굴로 살아가는지도 모르겠습니다. 형사가 없는 곳에는 죄가 꿈틀댄다고 말이지요.

120 제가 지금까지 아비규환으로 살아온 소위 '인간' 세상에서 딱 하나 진리 같다고 느낀 것은 그것뿐이었습니다. 그저 모든 것은 지나갑니다.

당시의 문학청년에게 있어서 다자이 오사무는 특별한 존재였다. 패전 후의 허탈이나 혼미함 속에서 다자이가 쓰는 것만은 가슴에 저미고 믿을 수가 있었다고 전해져온다. 이런 심정은 정도의 차이는 있지만 그 시대 많은 청년들의 공통분모로 작용했다. 이러한 인간의 극단적인 악조건과 건강하지 못한 정서마저 문학을 거치면 시대를 풍미하는 하나의 예술이 될 수 있다. 그 점을 상기시켜주는 이 작품을 읽으면, 지금 겪고 있는 감정의 풍랑은 잦아들고 한시름 가벼워진 마음으로 새 출발을 다짐할 수 있을 것이다. 왜냐하면 모든 것은 지나가기 마련이고, 내일은 내일의 해가 뜰 테니까.

작가: 다자이 오사무だざい おさむ, 1909~1948

다자이 오사무는 문제적 인간이라는 평가를 많이 받는 작가 중 한 명이다. 도쿄에 상경한 이후, 동반자살을 감행하였으나 자신만 살아남았으며, 가족조차 반기지 않은 화류계 여자와 결혼해 비합법 활동을 하고, 대학은 수업도 듣지 않고 성적은 형편없으니 졸업조차 하지 못해 취직도 실패하는 등 가족들에게 민폐만 끼쳤기 때문이다. 사회의 보편적인 시각에서 보면 실패한 인생을 살았고, 그의 작품은 난해하고 퇴폐적이라는 평가도 있으나, 문체가 뛰어난 단편과 중편 소설을 발표하여 젊은 독자들의 마음을 사로잡았다. 주요 작품으로는 『달려라 메로스』, 『쓰가루』, 『오토기조시』, 『사양』 등이 있다.

2-4

#바퀴벌레 #자본주의 #인간의 가치

『변신』_프란츠 카프카

어느 날, 자고 일어났더니 한 마리의 커다란 벌레가 되어 있다면 무슨 생각이 들까. 이러한 소설 내용을 모르는 사람은 없을 것이다. 문학은 실제로 일어날 수 없는 가상의 일 또한 생생하게 느낄 수 있게끔 현실적인 문체와 개연성으로 독자의 마음을 사로잡는다. 현대인은 항상 돈을 벌기 위해 바쁘게 일하고 가족들을 부양하는데, 이는 소설의 주인공인 그레고르도 동일했다. 반복되는 일상이 갑자기 충격적인 변화로 인해 흔들리는 내용의 이 소설은 어떤 경각심을 심어주기도 하고, 인간으로서 살아가는 이의 삶을 빛나게 해 주기도 한다.

121 어느 날 아침 그레고르 잠자가 불안한 꿈에서 깨어났을 때 그는 침대 속에서 한 마리의 흉측한 갑충으로 변해 있는 자신의 모습을 발견했다.

122 이 얼마나 고요한 생활을 식구들은 영위하고 있는가, 하고 말하며 그레고르는 자기 앞의 어둠을 물끄러미 응시한 채 스스로가 부모와 누이에게 그러한

삶을 마련해 줄 수 있었다는 데 대해 커다란 자부심을 느꼈다. 그런데 지금 모든 고요, 모든 유복함, 모든 만족이 졸지에 충격으로 끝나버린다면 어떨까?

123 그러니 이제 어쩌면, 집 안을 돌아다니는 것도 힘이 들 만큼 호흡이 가빠져서 하루 건너 열린 창가 소파에서 시간을 보내는, 천식으로 고생하는, 늙은 어머니가 돈을 벌어야 한단 말인가?

124 이야기가 이 돈을 벌어야 할 필연성에 미치면, 우선 언제나 그레고르는 문을 떠나 문 곁에 놓인 서늘한 소파에 몸을 던졌다. 수치와 슬픔으로 몸이 뜨거웠기 때문이다.

125 자기와는 달리 음악을 몹시 사랑하고 감동적으로 바이올린을 켤 줄 아는 누이를, 내년에, 돈이 많이 들겠지만 어떻게든 돈이야 만들 테니, 비용에 상관하지 않고 음악 학교에 보내는 것이 그의 남모르는 계획이었다.

주인공인 그레고르는 아침에 깨어났더니 자신이 큰 벌레로 변해 있음을 알게 된다. 변신의 원인은 완전히 불분명하다. 분명 벌레가 되었지만, 방에 아무도 출입하지 않았다는 정황상 가족들은 거대한 벌레를 일단은 '그레고르'라고 인식한다. 그러나 혐오스러운 거대 벌레를 집 밖으로 내보낼 수도, 일을 시킬 수도 없기 때문에 그레고르는 자신의 방 안에 갇혀서 먹이를 받아먹으며 비참하고 희망 없는 삶을 살게 된다. 그는 여동생을 음악 학교에 진학시키는 것이 목표였는데, 여동생은 그 속마음도 모르고 벌레로 변한 그레고르를 혐오한다.

126 여동생을 소파에 앉힌 후 내 말에 귀 좀 기울여 보라고 하겠어. 그리고 모든 것을 털어놓아야지. 나는 아직까지도 너를 음악 학교에 넣어주려는 것을 포기하지 않고 있다고.

127 이렇게도 음악에 감동을 받는데도 그가 과연 동물이란 말인가. 그에게는 마치 자신이 열망하던 미지의 어떤 양식에 이르는 길이 열리는 것 같았다.

128 "저는 이런 괴물 앞에서 오빠의 이름을 부르고 싶지 않아요. 그러니까 제 말은 '저것'을 없애야 한다는 거예요. '저것'을 먹여 살리려고 참고 견디며 우리는 인간으로서 할 수 있는 일은 다해 왔어요. 아무도 우리를 나무라지 못할 거예요."

129 그는 가족들에 대해 감동과 사랑의 마음으로 돌이켜 생각해 보았다. 그가 사라져야 한다는 생각은 아마 여동생보다 그 자신이 더욱 단호할 것이다. 탑 시계가 새벽 세 시를 칠 때까지 그는 공허하고도 평화

로운 생각에 빠져 있었다.

130 이윽고 전차가 목적지에 도착하자, 그레테는 제일 먼저 일어나 젊고 싱싱한 팔다리를 쭉 뻗었다. 잠자 부부의 눈에는 그 모습이 마치 그들의 새로운 꿈과 아름다운 계획을 보증에 줄 것처럼 느껴졌다.

그레고르는 최후의 순간까지 여동생이 나를 지켜 줄 것이라고 믿었으나, 여동생은 그의 몰락이 사실로 확인되자 냉정히 떠나간다. 변신은 그레고르의 억압된 소망이라는 해석이 있다. 자신을 멋대로 다루는 고용주와 아버지에게 반항하는 것이다.

자본주의 사회에서 가족이란 어떤 의미를 갖는가? 가족도 하나의 관계이다. 어떤 관계이건 간에 소홀히 여기고 도구처럼 생각하면 무너지게 된다. 자본주의 사회의 현대인에게 가족이란 어쩌면 부양해야 할 짐처럼 느껴질지도 모른다. 하지만 이럴 때일수록 인간성을 잃지 말아야 한다는 카프카의 메시지를 그의 작품과 문장을 통해 엿볼 수 있었다.

작가: 프란츠 카프카Franz Kafka, 1883~1924

"나는 문학에 관심이 있는 것이 아니라 문학으로 만들어져 있으며, 다른 그 무엇도 아니고 다른 그 무엇도 될 수 없다."라는 말을 남긴 소설가이다. 그는 결혼에 관하여 매우 특이한 에피소드를 갖고 있는데, 바로 한 여인과의 관계에 있어 열렬한 구애를 통해 약혼을 한 뒤에 자신이 얼마나 끔찍한 사람인지 나열하며 파혼하는 것을 반복했다는 사실이 밝혀졌다. 훗날 카뮈와 사르트르에게 실존주의의 선구자로 추앙받기도 하고 관련 논문이 쏟아질 정도로 유명해졌지만, 시대를 앞서간 탓인지 생전에는 알려지지 못하고 생을 마감했다.

2-5
#정신승리 #혁명 #중국인
『아Q정전』_루쉰

반면교사라는 말을 아는가? 좋지 않은 성품을 가진 사람도 롤모델로 삼을 수 있다. 바로 "저 사람처럼 행동하지는 말아야지."하고 생각하는 방법이다. 그 반어법을 잘 이용하여 시대상을 풍자하는 작품을 쓴 사람이 바로 루쉰이다. 주인공 아Q는 주먹으로 얼굴을 맞아도 "내가 얼굴로 주먹을 때린 것"이라고 표현할 만큼 억지스러운 정신 승리로 점철된 인간이며, 당시 중국인들의 패배 근성, 노예 근성을 대표하는 인물이다. 『아Q정전』은 루쉰이 중국 인민들을 계몽하기 위해 쓴 작품이다. 서구 열강에게 패배하면서도 천조라는 타이틀을 고집하며 근대화를 거부하고, 뜬 구름 잡는 것에 대한 허구성을 비판한 작품이다.

131 예로부터 불후의 붓은 불후의 사람을 전한다고 했다. 그래서 사람은 문장에 의해 전해지고 문장은 또 사람에 의해 전해졌던 게 아니었을까?

132 아Q는 성명과 본적만 불확실했던 것이 아니다. 자신의 행적마저도 그러했다. 웨이쫭 사람들은 그에게

농사일을 시키거나 아니면 웃음거리로만 삼았을 뿐 아무도 그의 행적에는 관심을 두지 않았던 것이다.

133 그의 이 같은 콤플렉스를 건드리는 자가 있으면 고의든 실수든 간에 물불을 가리지 않고 달려들곤 했다. 그는 우선 상대방을 보아 어눌한 자에게는 욕설을 퍼부었으며 자기보다 힘이 좀 약한 것 같으면 때리기도 했다.

134 아Q는 자신이 마음속에서 생각했던 것을 늘 뒤에 가서 떠들어대곤 했다. 그래서 아Q를 놀렸던 사람들은 누구나 그의 이 같은 정신적인 승리법을 알고 있었다.

135 그는 스스로를 자기 비하의 제1인자라 여겼다. '자기 비하'란 말만 빼면 어쨌든 '제1인자'가 된다. 장원급제도 '제1인자' 아닌가!

아Q는 성 밖 낡은 절간에서 살며 마을에서 날품팔이를 하고, 번 돈을 술과 도박에 전부 쏟으며 툭하면 깡패들에게 괴롭힘을 당하는 잡부이다. 그는 신해혁명을 틈타서 인생역전을 도모하다가 나중에는 하지도 않은 강도짓을 자백하며 총살당하고 만다. 대머리 콤플렉스였던 그는 자의식이 점점 비대해져서 급기야 '빛나다', '밝다'라는 말만 들어도 제 욕을 하는 것처럼 느끼고 버럭 화를 내는 인물이었는데, 총살당하는 그 순간까지도 정신승리를 하는 사람이다. 일본에 『인간실격』이 있다면 중국에는 『아Q정전』이 있다.

136 승리자 가운데는 상대방이 호랑이나 독수리처럼 포악해야 승리의 희열을 느끼는 사람이 있다. 그들은 반대로 적수가 양이나 닭처럼 보잘것없으면 승리하고도 오히려 무료함을 느낀다고 한다.

137 그는 영원히 득의만만할 것이다. 자, 보아라. 너무도 흘가분하여 마치 날아갈 것만 같은 아Q의 모습을!

138 이것만 보아도 여자란 사람을 망치게 하는 존재임을 알 수 있다. 중국의 남자들은 누구나 성인군자가 될 수 있었지만 애석하게도 여자 때문에 망치고 말았다.

139 아Q는 당황하기 시작했다. 눈앞이 캄캄해졌고 귀에서는 이상한 소리가 들렸다. 까무라칠 것만 같았다. 그러나 그는 까무라치지는 않았다. 당황하면서도 때로는 태연해지기도 했기 때문이다. 살다 보면 처형을 당하는 수도 있을 것이란 생각이 들기도 했다.

140 총살형을 선고받은 그들은 그것이 오히려 불만이었다. 역시 총살형은 머리를 치는 것보다 볼 만하지 않다는 것이 그 이유였다. 게다가 얼마나 형편없는 사형수인가?

중국에서는 『아Q정전』을 극복해야 할 인간상, 반면교사의 의미로 중고등학교 과정에 수록하기도 했다. 사람에게 칭찬도 중요하지만, 때로는 따끔한 일침도 중요하다. 루쉰은 중국을 애정하기 때문에 이렇게 신랄하게 그 당시의 중국을 비판할 수 있었던 것이다. 일종의 '사랑의 매'라고 볼 수 있는 따끔한 충고는 중국 사회에 큰 반향을 불러왔다. 중국 현대 문학의 아버지인 루쉰의 『아Q정전』은 이후에 쓰인 수많은 작품들의 근간이 되고 영향을 미쳤다. 여기서 한 가지 메시지를 던지자면 바로 애정 어린 충고가 때로는 아플 수 있다는 것이다. 그러니 옆에서 쓴 소리를 해 주는 사람은 평생 함께해야 하는 은인일 수도 있다.

작가: 루쉰魯迅, 1881~1936

중국의 문학가 겸 사상가. 그의 문학과 사상에는 모든 거짓을 거부하는 참된 정신과 지금까지는 본 적 없었던 언어의 아름다움, 그리고 어디까지나 현실에 굳건하게 발을 딛고 있는 사유가 뚜렷이 강조되어 있다. 자기 나라의 중국인에 대해 부정적인 시각을 가지고 있으나 외국인이 중국인을 비판하면 분노하였다. 마오쩌둥은 그는 위대한 문학인이자 또한 위대한 사상가였다고 칭송하기도 했다.

2-6

#풍자의 달인 #공산주의 #독재 정치

『동물농장』_조지 오웰

우리는 역사의 소용돌이를 겪으면서도 그것이 무엇을 의미하는지, 어떤 흐름을 가졌는지 모르는 경우가 많다. 멀리서 볼 때는 보이는 것도 그 속에서는 보이지 않기 때문이다. 조지 오웰은 인간 사회에서 빈번하게 보였던 독재 정치라는 오점을 굉장히 낱낱이 파고들어간 작가로 유명하다. 조지 오웰의 『동물농장』은 우화 형식으로 독재를 풍자한다. 우리나라에서는 반공 소설로 알려지며 번역되었지만, 사실 이것은 공산주의가 아닌 독재 자체를 비판하는 소설이다.

141 농장의 많은 동물 중에서 지금까지 단 한 번도 웃은 적이 없는 동물은 벤저민이 유일했다. 누군가 왜 웃지 않느냐고 물으면 "웃을 만한 일이 없어서."라고 냉랭하게 대답하곤 했다.

142 자, 동무들, 지금 우리의 삶을 돌아보시오. 어떻소? 현실을 바라봅시다. 우리는 비참하고 고통스러우며 너무나 짧은 삶에 익숙해져 있지요. 이 세상에 태어

나 우리는 겨우 목숨을 부지할 정도의 먹이만을 받아먹습니다.

143 인간이 번영해야 동물도 번영할 수 있다는 등의 감언이설에 솔깃해서 눈과 귀가 막히는 일이 없도록 조심합시다. 모두 새빨간 거짓말이오. 인간은 본래 자신 외의 그 어떤 동물에게도 이익을 챙겨 주지 않는단 말입니다. 우리는 이 투쟁을 하기 위해 완벽하고 철저하게 단결해야 합니다.

144 또 하나, 인간과 투쟁하면서 절대로 그들을 흉내 내선 안 된다는 점을 명심하시오. 인간을 정복한 후에라도 그들이 행하며 살아온 악습에 물들지 않도록 유념해야 합니다.

145 무엇보다 우리 동물은 폭력으로 동족을 탄압해서는 안 되오. 힘이 세거나 약하거나, 똑똑하거나 모자라거나 우리 모두는 형제입니다. 그 어떤 동물도 다른 동물을 죽이는 일이 벌어져서는 안 됩니다. 모든 동물은 평등하니까요.

소설은 소련의 역사 흐름을 가져다 놓은 것처럼 관련이 깊다. 처음에는 자본가를 상징하는 농부를 내쫓고, 그 자리를 돼지들이 꿰어 찬 뒤에 교묘한 언사와 무자비한 숙청을 통해 동물농장을 자기 것으로 만든다. 이 소설은 소련을 겨냥하고 쓰인 것으로 유추되지만, 모든 국가에게 전체주의에 관하여 경고하는 소설이다. 농부가 다시 찾아오는 것을 원하느냐는 식으로 공포를 심어주는 것은 한국에서 반공 교육으로 세뇌된 세대를 떠올리게 만들어 씁쓸해진다.

146 스노볼, 나폴레옹, 스퀼러 이 세 마리 돼지는 메이저 영감의 교훈을 하나의 완전한 사상으로 정리하고 다듬은 뒤, 이를 '동물주의'라 불렀다.

147 동물들은 먹이를 훔치는 법이 없었고, 어느 누구도 배급량이 적다고 불평하지 않았다. 더 이상 예전에 흔히 볼 수 있던 싸움질이나 물어뜯기도 없었고, 서로를 질투하는 모습도 자취를 감추어 버리다시피 했다.

148 규율, 철통같은 규율! 이것이 이제부터 우리의 구호입니다. 한 걸음이라도 잘못 디딘다면 적들은 그 순간을 놓치지 않고 우리를 공격할 거예요. 여러분, 존스가 다시 돌아오기를 바라지는 않겠지요?

149 동물들은 그해 내내 노예마냥 일만 했다. 그러나 힘겨운 노동을 하면서도 행복하기만 했다. 자신들이 하는 일은 모두 자신과 후손을 위한 것, 결코 일은 하지 않으면서 착취하는 인간들을 위한 것이 아니라는 사실을 잘 알고 있었기 때문이다.

> 150 창밖에서 지켜보던 동물들은 돼지를 한 번 보고 인간을 바라보았고, 다시 인간을 한 번 보고 돼지를 쳐다보았다. 그러나 이미 누가 돼지이고, 누가 인간인지 구별할 수 없었다.

결국에 소설은 돼지들이 위스키에 취하고, 침대에서 자며 두 발로 걸어 다니고, 일은 전혀 하지 않는 모습을 보여준 뒤, '동물들은 이쪽저쪽을 바라보았지만, 이미 누가 돼지인지 인간인지조차 알 수가 없었다.'라는 말로 끝을 낸다. 이 문구는 초기 동물주의의 이념을 완전히 버렸다는 것을 보여줌과 동시에 간접적으로 서구 자본주의 국가들을 비판한 것으로 보인다.

오늘날의 현대인 개개인은 본인의 안위를 생각하며 하루하루를 살아가지만, 그러나 항쟁에서 투쟁했던 사람들도 이런 평범한 시민이었다. 그러니 항상 깨어 있는 정신을 갖고 살아가야 하는 것이 삶의 의무라고 볼 수 있다.

작가: 조지 오웰 George Orwell, 1903~1950

조지 오웰은 사실 필명이다. 어느 날, 어니스트 헤밍웨이가 프랑스 파리의 호텔에 머물고 있었는데, 어떤 이름 모를 영국인이 자신을 '에릭 블레어'라고 소개하며 인사하기에 헤밍웨이는 퉁명스레 답했다. "그래서? 어쩌라는 거지?" 그러자 그 영국인이 "'조지 오웰'이라고도 하지요."라고 덧붙였고, 헤밍웨이가 깜짝 놀라 "이런 젠장, 진작 말씀하시지. 자, 어서 한잔 합시다!"라고 말했다고 한다. 그의 글은 주로 당대의 문제였던 계급의식을 풍자하고 이것을 극복하는 길을 제시하였고 사회의 바닥에 깔려 있는 악몽과 같은 전체주의의 풍토를 특유의 유머와 비유로 표현하였다.

2-7

#예술가#고뇌#인간탐구

『달과 6펜스』_서머싯 몸

꿈은 높이 있지만 현실은 시궁창이었던 예술가는 어느 분야에서나 많았고, 그런 작가의 일생을 다룬 작품 또한 수도 없이 많다. 순수 예술이 터부시되는 우리나라에서는 돈이 되는 것이야말로 참된 가치를 지닌 물건이라고 여긴다. 그렇기 때문에 예술과 자본의 갈등과 비극은 계속되는 것이다. 꼭 예술뿐만 아니라 돈 때문에 자신의 꿈을 이루지 못하는 사람들에게도 절절히 와 닿을 법한 소설이다. 제목에서의 '달'은 높은 이상(꿈)을 상징하고, '6펜스'는 그 당시 영국에서 유통되는 가장 낮은 화폐 단위로 부족한 자본을 뜻하기 때문이다.

151 그때만 해도 나는 인간의 천성이 얼마나 모순투성이인지를 몰랐다. 성실한 사람에게도 얼마나 많은 가식이 있으며, 고결한 사람에게도 얼마나 많은 비열함이 있고, 불량한 사람에게도 얼마나 많은 선량함이 있는지를 몰랐다.

152 자기가 속한 집단이 탈인습적이라면 세상 사람의 눈에 자신도 쉽사리 탈인습적으로 비치기 마련이

다. 그렇게 되면 터무니없는 자존심을 가지게 된다.

153 행복이 때로 사람을 고결하게 만드는 수는 있으나 고통은 대체로 사람을 좀스럽게 만들고 앙심을 품게 만들 뿐이다.

154 난 과거를 생각하지 않소. 나에게 중요한 것은 다만 영원한 현재뿐이오.

155 사랑에 빠진 사람은, 제아무리 똑똑한 사람도 자기의 사랑이 끝날 것임을 깨닫지 못한다. 환상임을 알지만 사랑은 환상에 구체성을 부여해 준다. 사랑하는 이는 사랑이 아무것도 아님을 알면서도 사랑을 현실보다 더 사랑한다.

주인공인 스트릭랜드의 모티브는 40세 때 직장을 버리고 그림을 그리기 시작한 폴 고갱이며, 소설의 흐름은 스트릭랜드의 진면모를 알린다는 취지로 전개되는 내용이다. 그러나 아이러니하게도 오히려 폴 고갱을 신화적 존재로 만들어서 역효과를 냈다. 스트릭랜드의 예술과 아름다움에 대한 독실한 추구는 인명 피해를 초래했다고도 표현되는데, 첫 번째 사상자는 자신의 확고한 목숨이며 아내와 자녀의 목숨이다.

156 사람들은 아름다움이라는 말을 너무 가볍게 사용한다. 말에 대한 감각이 없어 말을 너무 쉽게 사용함으

로써 그 말의 힘을 잃어버리고 있다.

157 우리는 무의식적으로, 상대방에 대한 나의 의견을 상대방이 얼마나 존중해 주느냐에 따라 상대방에게 미치는 나의 힘을 측정하는 경향이 있다. 자신의 힘이 미치지 못하는 사람들은 싫어한다.

158 이래서 소설은 비현실적이 된다. 남자에게 사랑이란 일상적인 여러 일의 한 에피소드에 지나지 않는데도 소설에서 그것을 강조하다 보니 실제와는 다른 중요성을 갖게 되는 것이다.

159 어떤 사람들은 자기가 태어날 곳이 아닌 데서 태어나기도 한다. 그런 사람들은 비록 우연에 의해 엉뚱한 환경에 던져지긴 하였지만 늘 어딘지 모를 고향에 대한 그리움을 가지고 산다.

160 내가 나 자신의 즐거움 아닌 어떤 것을 위해 글을 쓴다면 정말 세상에 둘도 없는 바보가 아니겠는가.

순수하게 꿈을 좇는 것이 때로는 독이 될 수 있다. 인생은 복잡한 것이며, 어떤 이도 꿈을 향한 열정에 대해 선악을 구분 짓고 평가할 수는 없는 법이다. 하지만 제 인생을 책임지지 않으면서 이상만 그린다면 사람들이 어떤 눈으로 바라볼까. 사후에 가치를 인정받은 예술가들은 생전의 언행과 무관한 평가를 받는 경우가 많다. 하지만 우리는 사후에 인정

받을 것이 아니라 지금을 잘 살아내야 할 것이다. 따라서 날카로운 통찰력이 깃들어 있는 문장을 곱씹으며, 내가 바라는 것이 과연 허황된 꿈이 아닌지, 가족이나 관계처럼 인생에서 책임져야 하는 것은 무엇인지 고민해 볼 필요가 있다.

작가: 서머싯 몸 William Somerset Maugham, 1874~1965

영국의 소설가 겸 극작가. 제1차 세계대전 때 MI6 소속 스파이로 러시아에서 활동한 적이 있으며 그 체험을 소설로 쓰기도 했다. 인기 없던 작가 시절, 재치 있는 방법으로 책을 팔았던 일화가 있다. 신문에 자신은 부자라면서 '결혼하려고 하는데, 서머싯 몸이라는 작가가 쓴 소설에 나오는 여성상 같은 인물을 아내로 맞이하고 싶다'는 광고를 내서 책이 잘 팔리게 했다고 한 일이다. 그리고 그의 소설을 읽은 한 독자는 팬레터에 다음과 같이 적었다. "감사합니다. 당신의 책을 읽으며 사전을 찾아보지 않아도 재밌게 볼 수 있었습니다." 이는 그가 얼마나 간결하고 알기 쉬운 글을 썼는지 보여주는 대목이다.

2-8

#편견 깨기 #고전 로맨스코미디 #관계성

『오만과 편견』_제인 오스틴

“재산 꽤나 있는 독신 남자에게 아내가 꼭 필요하다는 건 누구나 인정하는 진리이다.”라는 문장으로 시작되는 오만과 편견은 오늘날 무수히 범람하는 로맨틱 코미디 영화나 할리퀸 로맨스의 선조로 받아들여진다. 기본적인 스토리는 상류계급의 재수 없는 신사와 평범한 젠트리 집안의 명랑하고 똑똑한 숙녀가, 서로를 바라보던 왜곡된 시선을 거두고 난관을 이겨내며 결혼에 성공한다는 것이기 때문이다. 하지만 이 스토리보다 중요한 것은 바로 메시지이다. 사람은 자신과 다른 계급, 성별, 환경에 따라 편견을 갖고 있기 마련인데, 그것을 뛰어넘자는 이야기가 될 수 있기 때문이다.

161 오만은 자기 자신을 바라보는 관점에서 비롯된 것이고, 허영은 다른 사람들이 자신을 어떻게 봐 주기를 원하는가 하는 문제에서 비롯된 거야.

162 누구든 자유롭게 사랑을 시작할 수는 있어. 처음에 약간의 호감을 갖는 건 충분히 자연스러운 일이지. 하지만 상대방이 자신을 좋아한다는 확신이 없는데도

사랑에 빠질 수 있을 만큼 용기 있는 사람은 드물어.

163 겸손을 가장하는 것보다 더 사람을 기만하는 건 없죠. 그건 자기 견해가 없거나, 은근히 자만심을 드러내는 것일 때가 많아요.

164 사람들은 언제 어떻게 변할지 알 수 없는 존재야. 겉으로는 선량하고 현명한 척해도 속을 알 수 없는 게 인간들이야.

165 개인을 옹호하기 위해서 삶의 원칙과 고결함의 의미를 바꿀 수는 없어. 이기심을 신중함으로 미화하고, 자신의 위험에 대한 무감각함을 행복에 대한 확신으로 말하는 건 언니 자신과 나를 속이는 일이야.

이 시대의 결혼은 철저한 가문과 가문의 결합이었고 개인이 끼어들 여지가 극히 적었다. 결혼에서 제일 중요한 요소는 어디까지나 혼인 대상자들의 재산, 명성, 외모 같은 외적 조건들이었다. 그런데 변변찮은 가문의 엘리자베스가 미래를 보장해 줄 남편감을 '가치관이 안 맞아 존경할 수 없다'는 이유로 거부하는 것은 당시 기준으로 매우 파격적인 행동일 수밖에 없었다. 소설은 이런 식으로 사회의 변화를 도모하는 불씨 역할이 되기도 하며, 감정과 관계에 관한 문장은 많은 사람들에게 삶의 지혜를 안겨줄 것이다.

166 남에게 일부러 상처를 주거나 불행하게 만들려는 의도가 없었다고 해도 그런 결과를 가져오는 건 그 사람의 책임이야. 그건 다른 사람의 감정에 무관심하고 배려하지 않았거나 우유부단한 태도를 취해서 생긴 결과야.

167 절망과 우울은 이제 그만 안녕을 고해야죠. 바위와 산 같은 자연에 비하면 남자 따위는 하잘것없는 존재예요. 정말 멋진 여행이 될 거예요.

168 두 사람 다 좋은 사람으로 만들 수는 없어. 한 사람만 선택해. 한 사람의 편을 드는 걸로 만족해야지. 두 사람 사이에는 일정한 분량의 미덕이 존재해. 그건 한 명만 선한 사람으로 만들 수 있는 분량이야.

169 어떤 사람을 지독히 싫어하게 되면 천재성이 발휘되고 위트가 샘솟거든. 올바른 말은 한마디도 안 하면서 누군가를 계속 비난할 수는 있어. 하지만 어떤 사람을 계속 비웃다 보면 가끔씩 재치 넘치는 말이 얻어걸리기도 하는 법이거든.

170 엘리자베스는 자신이 해야 할 몫은 다했다고 생각했다. 이제 어쩔 수 없는 일이 되어 버린 것 때문에 안달하거나 불안해하는 건 어리석은 일이었다.

스스로의 가치관을 위해 사회가 중요시하는 보편적 가치

를 거절하고 이를 논리적으로 설명할 수 있는 주인공은 문학에서 매우 가치 있는 요소로 자리 잡았다. 낮은 지위를 가진 여성의 판단과 비판을 타당한 것으로 받아들여 스스로 반성하며 성장하는 남자 주인공도 성숙한 변화를 도모한다. 오만과 편견에 등장하는 사랑은 단순한 연애 이야기가 아니며, 두 남녀 주인공이 부단한 상호작용을 통해 관계 맺는 과정 그 자체이다. 탄탄한 서사와 탁월한 문장은 오랜 시간이 지난 지금도 빛을 잃지 않고 있다. 그러니 한 번쯤은 읽어보는 것도 좋을 것이다. 편견을 부수고 인생의 주인이 되는 일은 현대인에게도 중요한 과정이기 때문이다.

작가: 제인 오스틴 Jane Austen, **1775~1817**

목사 아버지 밑에서 8남매 중 막내딸로 태어나 독서를 매우 좋아했다. 갑작스러운 죽음 이후 작가 지망생이었던 조카들이 그녀에 대한 전기를 썼는데, 당대의 근엄한 도덕주의 기준에 맞춘 사실만을 반영하는 바람에 사후 100여 년 동안은 요절한 성녀로 알려졌다. 그러나 이후에 누락되었던 편지와 습작들, 미완성작들이 출간 및 재조명되면서 보다 긍정적인 평가를 받게 된다. 제인은 지적이고 활력이 넘치며 개성이 강한 인물로서, 풍자에 능한 작가답게 주변사람들의 어리석음과 속물주의에 대한 비판과 조소를 삼가지 않았다. 해리포터의 작가인 조앤 K 롤링은 "제인 오스틴은 모든 작가들이 꿈꾸는 별과 같은 존재다."라고 평가했다.

2-9

#살인사건 #종교 #미술

『내 이름은 빨강』_오르한 파묵

사람들이 훌륭하다고 말하는 철학서나 문학작품에서는 항상 선과 악을 다룬다. '선'과 '정의'는 또 다른 개념이며, 윤리관은 세계관이나 인간관을 가까이 두고 있기 때문이다. 일상생활에서도 우리는 선과 악의 경계가 모호한 순간을 경험한다. 당장 나와 친하고 매우 선한 사람도 누군가에게는 악인으로 비출 수 있는 것이 세상이다. 이 소설에서도 바로 그런 인간의 복잡함을 다루고 있다. 동식물, 악마, 심지어 색깔이 등장인물로써 자신의 입장을 말하는 형식으로 진행되는 소설이기 때문에 읽기 어려운 책이라는 소개도 덧붙이는 경우가 많다.

171 저는 그저 한 그루 나무이기보다는 어떤 의미가 되고 싶습니다.

172 만약 내게 스타일이나 개성이 있다면, 그건 나의 그림이 아니라 내가 행한 살인과 내가 하는 말들 속에 숨겨져 있다. 그러니 당신들은 내 단어들의 색깔로 내가 누구인지 한번 찾아보시라!

173 이 도시가 크고 휘황찬란한 만큼 우리가 우리의 죄를 숨길 수 있는 장소도 그만큼 많을 것이고, 도시가 사람들로 붐비는 만큼 각자의 죄도 서로 섞여 분간할 수 없게 될 것이다.

174 보시다시피 나는 죽음이다. 그러나 두려워할 필요는 없다. 왜냐하면 나는 단지 그림이기 때문이다.

175 그럼 여러분은 지금 여기 서 있는 나를 보면서, 내 처지를 생각하면 어떤 느낌이 드시나요? 여러분의 아버지가 이렇게 살해됐다면 어떤 느낌이 들겠어요? 여러분은 지금 흥미진진해 하면서 내 머릿속을 들여다보려고 하고 있겠죠. 내 고통에는 아랑곳하지 않고 말이에요.

『내 이름은 빨강』은 터키의 작가 오르한 파묵이 쓴 장편 추리소설이다. 파묵은 이 작품으로 2006년에 노벨문학상을 수상했다. 오스만 제국의 궁정화가 '엘레강스'가 이스탄불 외곽의 버려진 우물에서 시체로 발견되는 것으로 시작되는 이 소설의 독특한 점은, 시체에게도 발언권을 준다는 점이다. 시체가 된 엘레강스는 자신이 어떻게 죽었는지에 대해서 설명하지만 범인의 정체는 모른다. 궁정화가 3인방인 나비, 올리브, 황새는 서로의 가치관을 설파하면서 이들 중 누가 엘레강스를 살인했는가? 아니면 또 다른 살인자가 있는 것인가? 질문을 던진다.

176 나를 보라, 산다는 것은 얼마나 아름다운가! 나를 보라, 본다는 것은 얼마나 아름다운가! 산다는 것은 곧 보는 것이다. 나는 사방에 있다. 삶은 내게서 시작되고 모든 것은 내게로 돌아온다. 나를 믿어라!

177 '나'를 처음 말한 자는 악마다. '스타일'이 있는 것은 악마다. 동과 서를 나눈 것도 악마다라고 나는 말하고 싶었다.

178 그들은 머리끝까지 죄를 뒤집어 쓴 사람에게 느끼는 분노에 가득 찬 역겨움과 함께, 두려움과 부러움을 느끼고 있었다.

179 갑자기 세상이 서로 통하는 문이 달린, 수많은 방을 가진 궁전처럼 느껴졌습니다. 우리는 이 방에서 저 방으로 기억하며, 상상하며 드나들 수 있지만, 대부분 게을러서 조금만 움직일 뿐 항상 같은 방에 머무르고 있는 거지요.

180 우리는 사실 행복의 그림에 있는 미소가 아니라 삶 자체에서 행복을 찾아요. 세밀화가들은 그걸 알지요. 하지만 그들이 그리지 못한 것도 그거예요.

추리소설이라는 편견을 깨고 높은 예술적 가치를 지닌 이 작품은 전반적으로 터키의 문화, 특히 성문화나 오스만 제국 시절 미술양식에 대해서도 서술하고 있어 터키를 이해하기 위한 문학으로 높은 가치를 가지고 있다. 무엇보다 이 작품은 시대적, 정치적 변화 속에서 갈등하고 번민하며 각자의 정체성을 찾아가며 장인 정신을 구현하는 예술가들에 관한 소설이기도 하다. 예술가의 고뇌가 심층적으로 다루어지고 있는 것은 사실이지만, 그들이 고뇌에 빠지게 되는 근본적인 원인을 제공한 것은 결국 동서양 회화 충돌 및 갈등이다. 회화 기법 충돌이라는 것이 곧 세계관, 그리고 타자를 대하는 방식으로 확장되어 독해되면서 높은 평가를 받을 수 있었던 것이다. 결국 우리도 타인을 대하는 연습이 필요하다. 그것이 세상과 화해하는 방법이기 때문이다.

작가: 오르한 파묵 Ferit Orhan Pamuk, 1952~

파묵은 "제1차 세계대전을 전후해서 100만 명의 아르메니아인과 30만 명의 쿠르드인이 터키 당국의 손에 학살당했는데도 터키는 지금도 그 사실을 인정하지 않고 있고, 그 사건에 대한 공개 언급이나 토론을 금지하고 있다."고 주장하여 터키 내에서 많은 논란을 일으킨 작가이다. 그만큼 개인의 양심이 국가라는 집단의 전체주의보다 우선시 되는 진보적인 가치관을 가진 그는 우파 세력에게 살인 협박까지 받아가면서 인권 운동을 지속하고 있다.

제3장

연인에게 보내는 편지

_사랑을 노래한 문학작품 속 한 문장

예전부터 최신가요 음원 차트를 재생하면, 가사마다 사랑의 감정이 담겨 있었습니다. 아주 오래 전부터 인간은 자연스러우면서도 아주 강렬한 감정인 '사랑'에 관해 탐구해왔습니다. 문학 속 인물들 또한 지독한 외사랑으로 상사병을 앓기도 하고, 절절 끓는 감정을 주체하지 못해 눈물 흘리기도 합니다. 그리고 서로의 마음이 통했다는 것을 확인하는 순간, 환희에 휩싸이는 장면이 천국처럼 묘사되기도 하지요.

여러분은 한때 열렬히 사랑한 적이 있습니까? 3장에서는 문학에 등장하는 열정적인 사랑을 소개합니다.

3-1

#외사랑 #감정의 소용돌이 #베르테르 효과

『젊은 베르테르의 슬픔』_요한 볼프강 폰 괴테

문학작품 속 절절하고 가슴 아픈 사랑, 이러한 키워드를 접하면 바로 떠올릴 수 있는 작품이 바로 『젊은 베르테르의 슬픔』이 아닐까? 편지 형식의 글, 즉 서간체(편지 형식으로 쓴 문체)라는 형식으로 쓰인 이 작품은 대부분 괴테 자신의 경험을 바탕으로 했다. 다만 결말부에 주인공이 자살하는 내용은 괴테의 동료였던 '예루잘렘'의 죽음으로부터 영향을 받았다. 특히 아이러니한 점은, 이때 예루잘렘이 사용한 권총은 괴테가 사랑했던 샤를 로테의 남편이 빌려준 권총이었다는 것이다. 이 작품은 유부녀에게 사랑에 빠진다는 금기시된 애정을 정말 순수하게 그려낸 수작으로 평가된다.

181 베르테르와 같은 열망을 느끼는 착한 영혼을 가진 그대여, 부디 그의 슬픔에서 위안을 얻으십시오. 만약 그대의 운명이나 그대의 잘못 때문에 가까이 있는 누군가를 아무도 찾을 수 없다면, 이 작은 책을 당신의 친구로 삼도록 하십시오.

182 친구여, 이런 사소한 일에도 오해와 태만이 술수나

악의보다도 이 세상에 더 많은 갈등을 일으킨다는 것을 깨달았네.

183 인생이 한낱 꿈에 불과하다고 생각하는 사람들이 많이 있었고, 나도 언제나 그런 기분으로 살아왔네. 인간이 아무리 열심히 일하고 연구하더라도 활동과 탐구가 한계에 갇혀 있으며, 인간의 모든 활동이 궁극적으로 욕망을 이루기 위함이고, 그 욕망도 결국엔 우리의 보잘 것 없는 일생을 연장하고자 함이라네.

184 아아, 이렇게 벅차고, 이다지도 뜨겁게 마음속으로 달아오르는 감정을 재현할 수 있을까? 그리고 그대의 영혼이 무한한 신의 거울인 것처럼, 종이를 그대 영혼의 거울을 삼을 수 있을까?

185 행복과 불행은 종이 한 장 차이다. 인간의 행복을 이루는 것이 어째서 불행의 근원이 되어야 한단 말인가?

이 작품을 읽는다면, 일단 매우 놀랄 것이다. 200년 전의 소설인데도 불구하고 현대인들도 공감할 수 있는 내용과 믿기지 않을 정도로 풍부한 감수성이 묻어나는 아름다운 문체로 쓰였기 때문이다. 결말의 자살마저도 아름답게 끝난 나머지, 유명인의 자살을 모방하여 목숨을 끊는 현상에 '베르테르 효과'라는 이름이 붙기도 하였다. 하지만 정작 실제 실연의 주인공인 괴테는 자살은커녕 심지어 80세 넘게 장수했다. 그는 이 책을 통해 뼈저린 슬픔보다는 마음의 위로를 공유하고 싶었던 것이 아닐까?

186 아아, 그것이 마치 둘로 갈라놓는 장벽처럼 내 마음을 가로막고 있다. 그 행복, 그것을 얻을 수만 있다면, 몸을 파멸시켜서 속죄해도 좋다. 이것을 과연 죄라고 할 수 있을까?

187 나를 사랑한다니! 그런 느낌이 든 순간부터 나 자신이 얼마나 소중한 존재로 여겨지는지 모르네. 이런 말까지 하게 되는군. 하지만 자네라면 헤아려 주리라 믿네. 그녀가 나를 사랑하게 된 이후로 내가 얼마나 나 자신을 숭배하게 되었는지 모른단 말일세!

188 대화중에 그녀가 자기 손을 내 손 위에 슬며시 올려놓거나 이야기에 열중한 나머지 내 곁에 바짝 다가앉는 바람에 천사 같은 그녀의 숨결이 내 입술에 와 닿기라도 하면 난 벼락에 맞은 듯 그 자리에 쓰러져 버릴 것 같네.

189 오, 하나님. 저를 창조하신 하나님! 당신께서 그런 축복을 저에게 베풀어 주셨다면 저의 인생은 평생 그 자체로 쉼 없는 기도가 되었을 것입니다. 당신과 시비를 가리려고 이러는 게 아닙니다. 이 눈물을 용

> 서해 주십시오. 저의 이런 헛된 소망을 용서해 주십시오! 그녀가 내 아내라면! 태양 아래 가장 사랑스러운 그녀를 내 품에 안을 수 있었더라면!
>
> 190 아아, 당신과 나는 대체 어떤 인연으로 맺어진 것일까요! 당신을 처음 본 순간부터 나는 당신에게서 벗어날 수 없었습니다. 이 리본도 나와 함께 묻어 주길 바랍니다. 내 생일에 당신이 선물해 주었지요. 내 얼마나 소중하게 모든 것을 모았는지 모릅니다. (…) 로테! 로테! 잘 있어요! 안녕!

단순한 로맨스라고 생각되기 쉬운 이 작품이 근대화 시대의 동아시아에 처음으로 소개되었을 때는 큰 충격을 주기도 했다. 국가나 가문의 명예를 개인의 감정보다 우선시하던 문화가 아닌, 개인의 감정을 인정하고 포용하는 사회상을 바탕으로 쓰였기 때문이었다. 이는 20세기 초 한국에서 '신소설'이 등장한 배경이기도 하다. 그때는 '연애'라는 개념 자체가 '모던걸', '모던보이'와 같이 매우 새롭게 여겨지던 때였다. 그렇게 베르테르는 사랑의 대명사가 되었다.

'롯데그룹'의 이름도 이 소설에 등장하는 샤를 로테에서 따온 것이라고 한다. 실제로 롯데백화점 상품권에도 샤를 로테 관련 도안이 그려져 있고, 롯데백화점 명동점에도 샤를 로테 동상이 세워져 있다.

작가: 요한 볼프강 폰 괴테 Johann Wolfgang von Goethe, 1749~1832

독일 문학의 최고봉을 상징하며, 독일 문학을 세계적인 수준으로 이끌어 나간 시대의 대문호. 『파우스트』, 『젊은 베르테르의 슬픔』 등의 작품으로 많은 사람들에게 알려져 있다. 그리고 그는 무수한 여인들과 사귀면서 사랑에 대한 글을 많이 남겼다. 오죽하면 그를 연구하는 학자들이 그와 사귀었던 여인들도 같이 연구해야 괴테를 알 수 있다고 할 정도이다. 그는 자신의 연인을 자신의 작품에 등장시키는 것으로도 유명한데, 그 대표주자가 『파우스트』의 그레트헨과 『젊은 베르테르의 슬픔』의 샤를 로테 부프이다. 사랑이야말로 인생에 숨겨진 찬란한 보석이라고 할 만큼 그는 다재다능한 로맨티스트였고, 그것은 그를 좀 더 인간적으로 바라보게 만든다.

3-2

#플라토닉 러브 #철학하기 #사랑은 무엇인가

『향연』_플라톤

우리는 가족을 사랑하고, 애인을 사랑한다. 그렇다면 그 두 애정은 어떻게 다른 것일까. 혹은 연인 간의 사랑은 어떤 방식이 더 귀한 것인가. 고대 그리스로부터 시작된 토론은 지금까지 유효하다. 불륜은 과연 천박한 것일까? 동성애에 관해서는 어떻게 이해해야 할까? 사랑은 왜 위대한 감정이라고 칭송되는 것이며, 어떤 사랑이 위대한 사랑일까? 이와 같은 질문들이 새록새록 생각난다면, 타임머신을 탄 것처럼 고대 그리스로 향해 보자. 플라톤의 저서인 『향연』은 사랑의 신 '에로스'에 관한 찬양과 토론으로 이루어지는 철학적, 문학적 가치가 높은 고전이다. 문학과 사랑을 말하면서 향연을 빼놓을 수 없었다.

191 우리 각자가 오른쪽 방향으로 차례차례 돌아가면서, 에로스에 대한 찬양 연설을 할 수 있는 한 가장 아름답게 해야 한다고 난 생각하고 있거든. 그런데 파이드로스가 맨 먼저 시작해야겠네. 맨 처음 자리에 앉아 있을 뿐만 아니라 동시에 이 이야기의 아버

지이기도 하니 말일세.

192 에로스는 인간들과 신들 사이에서 위대하고 경탄할 만한 신이며, 그것은 다른 많은 방식으로도 그렇지만 특히나 그 기원에 있어서 그렇다고 말이네. 그리고 가장 오래된 자로서 그는 우리에게 있는 최고로 좋은 것들의 원인이네.

193 만일 사랑하는 자와 사랑받는 자들로 구성된 도시국가나 군대를 만들 수 있다면, 그보다 더 이상적인 조직은 없을 걸세. 그렇게 되면 불명예스러운 일을 멀리하고 서로 명예를 다툴 테니까.

194 그리고 실로 사랑하는 자들만이 다른 누군가를 위해 기꺼이 죽으려 하네. 남자들만이 아니라 여인들까지도 말일세.

195 사랑하는 사람은 자신이 전열을 이탈하거나 무기를 버리는 모습을 자기 애인에게만큼은 절대 보여 주고 싶어 하지 않을 테니까. 차라리 몇 번이고 죽는 편을 택할 거라고. 에로스가 직접 용기를 불어넣어 주면 용감한 사람이 되기 때문이지.

소크라테스를 포함한 7명의 지식인이 에로스에 관해 대화를 나눈다. 그런데 인물마다 조금씩 다른 의견을 갖고 있다는 점이 인상 깊다. 파이드로스는 명예와 용기를 주는 에로스를, 파우사니아스는 육체의 쾌락을 좇는 에로스가 아닌 영혼의 덕을 길러주는 에로스를, 에뤽시마코스는 모든 것들의 형성 원리로서의 우주적 에로스를, 아리스토파네스는 인간의 본성을 치유하는 자로서의 에로스를, 그리고 아가톤은 인간에게 좋은 모든 것들을 주는 에로스를 찬양한다.

196 사랑하는 사람은 자기를 만족시켜 주는 애인을 위해 행하는 봉사라면 어떠한 것이라도 마땅히 해야 하고, 사랑받는 사람은 자기를 현명하고 훌륭하게 만들어 주는 사람을 위해 마땅히 호의를 베풀어야 하네.

197 그것 자체가 그 자체만으로 아름답거나 수치스런 게 아니라 아름답게 행해지면 아름답고 수치스럽게 행해지면 수치스런 것이네. 그런데 수치스럽게라 함은 못된 사람에게 못된 방식으로 살갑게 대하는 것이요, 아름답게라 함은 쓸 만한 사람에게 아름다운 방식으로 그리하는 것이네.

198 에로스가 두 부류가 있다는 것은 그가 멋지게 구분한 것으로 나는 생각하네. 하지만 에로스가 사람들의 혼에만, 그리고 아름다운 자들에 대해서만 있는 것이 아니라 다른 많은 것들에 대해서도, 그리고 다른 것들 속에도 있다는 것을, 나는 우리 기술인 의술

로부터 깨달았다고 생각하네.

199 에로스는 강제로 뭔가를 하는 일이 없지. 에로스는 강제를 당하지 않으니까 말일세. 폭력을 사랑하지도 않는다네. 어떠한 쾌락도 에로스보다 강력하지는 않다네.

200 우리는 이것을 통해 에로스가 넓게 보아서, 모든 유형의 예술적 창작 영역에서 훌륭한 창작자임을 증명할 수 있지. '인간에게는 평화를 그리고 바다에는 잔잔한 고요함을, 바람에는 휴식을 그리고 고단한 자들에게는 잠을'

이들의 연설들은 소크라테스의 연설에서 비판받기도 하고, 조금씩 보완되기도 한다. 그리하여 에로스란, 아름다움을 추구하고 좋은 것을 영원히 소유하고 싶어 하는 욕망으로 규정된다. 그 욕망은 불사(不死)에 대한 욕망이 되고, 인간은 출산을 통해 아이를 낳으면서 그것을 충족한다고 요약할 수 있다. 다소 철학적이고 어려운 주제로 이어지지만, 결론은 간단하다. 우리는 결혼해서 아이를 낳는 것이 행복을 준다는 사실은 알고 있으나, 그것이 어떤 원리인지 궁금해 한 사람은 몇 없었다. 이런 철학적 텍스트를 향유하는 것도 사랑을 더 깊이 이해하고, 삶에서 그것을 실천하는 방법이 되지 않을까?

작가: 플라톤 Plato, B.C. 427~347

소크라테스의 제자이자 아리스토텔레스의 스승이다. 2600년의 역사를 자랑하는 서양철학사에서 가장 중요한 인물로 항상 첫 손가락에 꼽히는 사람이 바로 플라톤이다. 플라톤의 이데아론을 통해 서양철학사의 대표적 상징인 관념론이 탄생하게 되었고, 이러한 관념론을 종교적인 신의 관점에서 연구한 것이 중세철학이고, 인간의 관점에서 연구한 것이 근대철학이며, 기존의 것을 부정하려 하는 시도가 현대철학이다. 이에 대해 영국의 철학자인 알프레드 노스 화이트 헤드는 "지난 2000년 동안 서양철학은 플라톤에 대한 일련의 각주에 불과하다."라고 평한 바 있다.

3-3

#시적인 문장 #비극 #금단의 사랑

『로미오와 줄리엣』_윌리엄 셰익스피어

사람은 안정적인 생활을 추구하면서도, 막상 안정적인 생활에서 아무런 사건도 열망도 겪지 않는다면 권태에 빠지게 된다. 그것을 막아주는 것 또한 문학의 역할이다. 서로를 사랑하는 젊은 연인이 운명의 장난처럼 사랑으로 인해 죽는 것을 보며 슬퍼하는 것은 정신을 또렷하게 해 준다. 안정적이지만 지루한 현실에서 벗어나 파멸과 죽음, 슬픔과 고통을 간접적으로 체험하면서 인간과 세계에 대한 이해도를 높여가는 것이 바로 독서이다. 또한 셰익스피어의 작품은 정형시의 한 방법인 소네트 형식을 띠고 있어 원어로 읽으면 리듬감이 느껴지고, 한국어로 번역된 문장도 다채로운 표현을 사용함으로써 시적인 아름다움을 선사한다.

201 오, 횃불보다 더 밝게 빛나는 아가씨다! 검은 여인 귓밥 위의 값비싼 보석처럼 밤의 뺨에 그녀가 걸린 것 같구나. —땅 위에서 쓰기에는 너무 귀한 아름다움!

202 너무나 가치 없는 이 손으로 제가 만일 이 성전을 더

럽히면, 제 입술은 곧바로 얼굴 붉힌 두 순례자처럼 부드러운 키스로 거친 접촉 지우려는 고상한 죄 짓겠지요.

203 유일한 내 미움이 유일한 내 사랑을 낳다니! 모르고 너무 일찍 만났고, 알고 나니 너무 늦다! 혐오스러운 원수를 사랑해야 하다니 나에게 이 사랑은 불길한 탄생이다.

204 오, 로미오, 로미오, 왜 그대는 로미오인가요? 아버지를 부인하고 그대 이름 거부해요. 그렇게 못한다면 애인이란 맹세만 하세요. 그럼 난 더 이상 캐풀렛이 아니에요.

205 오, 다른 이름 가지세요! 이름이 별건가요? 우리가 장미라 부르는 건 다른 어떤 말로도 같은 향기 날 겁니다. 로미오도 마찬가지, 로미오라 안 불러도 호칭 없이 소유했던 그 귀중한 완벽성을 유지할 거예요. 로미오, 그 이름을 벗어요. 그대와 상관없는 그 이름 대신에 나를 다 가지세요.

로미오와 줄리엣은 원수인 두 가문 사이에서 탄생한 사랑이 두 사람을 비극으로 이끄는 스토리이다. 이런 애절함이 대중적으로 큰 인기를 끌어서인지, 셰익스피어의 희곡 중 가장 많이 영화화 된 작품이기도 하다. 그중 1968년에 나온 영화는 올리비아 핫세의 외모가, 1996년에 나온 영화는 레오나르도 디카프리오의 외모가 화제가 되었다. 사실 두 사람의 사랑을 현대적인 시각에서 객관적으로 보면, 철없는 10대의 격정이 주변의 반응에 더 심화되다 불운한 사고로 이어진다는 비판점도 갖게 된다.

206 사람들이 죽는 순간 유쾌해지는 일이 참으로 자주 있지! 간수들은 그것을 죽기 전의 섬광이라 부른다. 오, 이걸 어찌 섬광이라 부를 수가? 오, 님이여, 아내여, 꿀 같은 그대 빨아들인 죽음도 아름다운 이 자태는 어찌하지 못했군요.

207 아, 사랑하는 줄리엣, 아직도 왜 이렇게 고와요? 실체 없는 죽음이 깡마르고 흉측한 그 괴물이 연정 품고 당신을 자신의 애인 삼기 위하여 여기 이 어둠 속에 가뒀다고 믿을까요?

208 키스를 하겠어요. 혹시나 그 입술에 독이 좀 남았으면 효력이 있어서 나를 죽게 해 주겠죠. 당신 입술 따뜻해요.

209 캐풀렛! 몬터규! 하늘이 당신들의 기쁨을 사랑으로 죽였으니 당신들의 미움에 어떤 천벌 내렸는지 보라. 나 또한 당신들의 불화에 눈 감은 대가로 한 쌍의 친척을 잃었다. 모두가 벌 받았다.

210 암울한 평화가 이 아침에 내렸으니 태양은 비탄으로 얼굴을 안 보인다. 여길 떠나 이 슬픈 일들을 더 얘기해 보라. 용서받고 벌 받는 자들이 있으리라. 줄리엣과 그녀의 로미오 얘기보다 더 비통한 얘기는 절대 없었으니까.

셰익스피어는 로미오와 줄리엣의 사랑에 대해 다음과 같이 표현했다. "말리면 말릴수록 불타는 것이 사랑이다. 졸졸 흐르는 시냇물도 막으면 막을수록 거세게 흐른다." 이런 셰익스피어의 생각이 작품에 반영되었고, 심리학에서 '로미오와 줄리엣 효과'라는 이름을 얻게 되었다. '로미오와 줄리엣 효과'란 사랑에 있어서의 청개구리 효과를 의미한다. 장애물이 있으면 있을수록, 어려우면 어려울수록 더 타오르는 것이다. 원래 당장 할 수 없는 일이 제일 하고 싶은 법이다. 자연스러운 감정을 억누르는 것은 더 큰 화를 부를 수도 있다. 그러니 현실에서는 강처럼 유유히 흘러가는 사랑을, 가상에서는 폭포와 같은 사랑을 경험하는 것이 가장 이상적이지 않을까.

작가: 윌리엄 셰익스피어 William Shakespeare, **1564~1616**

수백 년이 흐른 지금도 꾸준히 사랑받는 셰익스피어는 21세기에도 여전히 작가들에게 영감을, 독자들에게 값진 경험과 감동을, 연구자들에게는 고민거리를 준다. 동시대의 다른 작가와 비교하면 기록이 부실한 편이어서, 약간은 베일에 가려진 셰익스피어의 존재는 음모론을 불러오기도 했다. 셰익스피어가 동시대의 정치가이자 사상가였던 프랜시스 베이컨의 필명이었다는 음모론이 대표적이다. 하지만 주류 학자들은 그가 실존 인물이라는 것을 거의 의심하지 않는다. 그가 쓴 것으로 전해지는 희곡은 전부 37편이며, 그중 희극 17편, 비극과 역사극이 각각 10편씩 해당한다.

3-4

#도덕과 윤리의 차이
#숭고한 사랑 #사회비판

『테스』_토머스 하디

오늘날 미디어에서 다루는 사랑이 누군가에게는 조금 이상하다고 생각될 수 있다. 어쩌면 로맨스는 없을지도 모른다. 사실은 연애라는 개념도 세상이 만든 거대한 사상일 수도 있을 거라고 생각하는 사람들이 있다. 그런 사랑의 개념만큼 구분 짓기 어려운 것이 바로 도덕과 윤리이다. 테스는 자신만의 도덕적 신념을 가지고 있었기 때문에 살인이라는 비윤리적인 최후를 맞이하게 된다. 우리는 이를 통해 때로는 도덕규범이 비윤리적인 결과를 초래할 수 있다는 것을 알 수 있다. 다만 이것을 애틋한 사랑 이야기로 남긴 것은, 테스와 엔젤의 사랑이 매우 숭고하게 그려졌기 때문이다. 사랑은 어떤 법이나 윤리보다 더 따뜻한 평화를 보여준다.

211 바깥에서 햇볕이 따뜻하게 비추고 있는 것처럼 이들 모두는 각자 자신의 영혼을 따뜻이 비춰 줄 작은 태양 하나씩을 갖고 있었다.

212 언젠가 그 희망이 점점 사그라져 아무것도 남지 않

게 되는 날이 올지도 모르지만 희망은 늘 그렇듯 아직 살아 있다. 그래서 이들은 모두 쾌활했고 대부분 기쁨에 들떠 있었다.

213 천박한 사람이 그런 식으로 고상한 사람을 차지하고, 못된 남자가 착한 여자를, 못된 여자가 착한 남자를 차지하는 일이 흔히 일어나는 까닭이 대체 무엇인가? 철학은 이에 대해 수천 년 동안이나 탐구해왔으나 우리가 납득할 만한 설명을 하지 못했다.

214 그리고 비 오는 날에는 어릴 적 믿었던 하느님인지 아니면 다른 무엇인지 분명히 구분할 수 없는 어떤 막연한 윤리적 존재가 그녀의 무력함을 한없이 슬퍼하며 눈물을 흘리는 것처럼 느껴졌다.

215 다시 말해 그것은 테스의 잘못된 상상으로 만들어진 유감스런 창조물, 그녀가 지당한 이유 없이 무서워하는 도덕이라는 허울을 쓴 한 무리의 도깨비 떼에 불과했다.

오랜 세월 동안 순결을 중요시하던 풍습 때문인지, 『테스』는 대중적으로 인기를 끌었으나 사회적 통념과 종교적 관습에 어긋나는 내용이라는 이유로 격렬한 비난을 받기도 했다. 보수주의자들은 이 작품이 혼전 임신과 더불어 아이에게 스스로 세례를 하고 남편 아닌 남자와 동거하고 살인까지 저지른 여자를 순수한 여인이라 칭하며 옹호하는 부도덕한 소설이라고 했다. 하지만 소설을 읽으면 알게 되겠지만, 테스는 답답할 정도로 순수한 사람이다. 누구든지 복잡한 속사정을 갖기 마련이며, 그러므로 우리는 다른 사람의 말이나 규범에 휘둘려서 함부로 다른 사람을 비난할 수 없다. 테스는 그런 비난의 희생양이라고 할 수 있다.

216 그녀는 그런 상황을 차분히 받아들이고 거기서 즐거움을 찾았을 것이다. 그녀가 비참해하는 것은 대부분 그녀의 인습적인 생각에 의해 생겨난 것이지 본질적인 감각에 의한 것은 아니었다.

217 '살아 있는 한 희망은 있다'라는 신념은 우호적인 이론가들이 우리에게 납득시키기는 어려워도 '배신을 당해 본' 사람이라면 전적으로 이해할 수 없는 것만은 아니다.

218 더 이상 당신을 잃는 것은 견딜 수 없었어요. 당신이 저를 사랑하지 않는다는 게 제게는 얼마나 견딜 수 없는 일인지 당신은 모르실 거예요!

219 애정 어린 눈길로 쳐다보는 그녀에게 초췌한 그의 얼굴은 그녀가 그를 처음 보았을 때와 마찬가지로 싱싱한 아침처럼 아름다워 보였다. 그녀가 순수하게 사랑하고 그녀가 순수하다는 것을 믿어 준 유일

한 남자의 얼굴이었기 때문이다.

220 그래요, 잘된 일이에요! 행복은 어차피 영원할 수 없을 거예요. 이런 행복은 저한테 너무 과분해요. 그리고 요 며칠 동안 행복을 충분히 느껴 봤으니 괜찮아요. 이제 당신이 저를 싫어하게 될까 봐 걱정하지 않아도 되겠군요!

남편인 엔젤과 떨어져 있는 테스를 끈질기게 쫓아다니면서 엔젤과의 재회를 체념하게 만든 남자는 결국 엔젤을 만나서 이성을 잃은 테스의 손에 죽는다. 그녀는 자신의 손에 죄를 묻히는 것이 엔젤을 향한 속죄 의식이었다고 말한다. 그것은 순수한 진심으로 다가왔다.

120여 년 전에 톰 하디는 순결을 중시하는 풍조와 도덕적 완벽주의가 얼마나 허황된 것인지, 시대에 따라 달라지는 도덕관념과 사회적 관습이 얼마나 근거 없는 일인지 이 소설을 통해 보여주었다. 사랑은 자연스러운 것이다. "이 사랑은 하면 안 되고, 저 사랑은 해야 한다."고 정하는 것은 테스를 죽음으로 몰아넣은 도덕관념과 다름없을 것이다.

작가: 토머스 하디 Thomas Hardy, 1840~1928

하디는 10권이 넘는 소설을 집필하고 시도 썼던, 소설가이자 시인이다. 평범한 삶을 살다 생을 마감한 그는 사망 후에 몸과 심장이 분리되는 특이한 상황을 겪는다. 그는 자신의 첫 번째 아내 에마와 같은 무덤에 묻히길 원한다는 유언을 남겼는데, 그의 가족과 친구들은 거기에 동의했으나 그의 유언 집행자는 그가 웨스트민스터의 명성 있는 시인 코너에 묻혀야 한다고 주장했다. 결국 그의 심장은 에마와 함께 묻히고, 나머지 유해는 시인 코너에 안장되는 것으로 합의를 보았다.

3-5

#엇갈린 사랑 #상류층 #감정묘사

『순수의 시대』_이디스 워튼

사랑은 타이밍이라는 말이 있다. 그 타이밍은 아주 조금만 엇갈려도 많은 변수를 낳는 요소이다. 또한 아직도 자신의 체면을 세우기 위해 사랑하는 사람을 깎아내리는 사람이 빈번히 보이는데, 이를 비판하는 흐름은 계속되어왔다. 이디스 워튼의 『순수의 시대』라는 작품은 보수적인 상류층의 위선 어린 사교 속에서 엇갈리는 세 사람의 사랑을 그린 소설이다. 우리는 인생을 살며 다양한 집단의 사람들을 만난다. 어떤 집단은 생각보다 이해타산적이고, 이기적이며, 때로는 매우 비열해진다. 그것을 날카롭게 짚어내어 사랑이라는 키워드로 감성에 호소한 이디스 워튼의 문장을 소개하는 바이다.

221 그는 꽉 끼는 자주색 벨벳 상의에 깃털 달린 모자를 쓰고 자신에게 사로잡힌 천진한 사랑의 포로만큼 순수하고 진실하게 보이려 애썼지만 그런 노력은 수포로 돌아갔다.

222 아처는 그들이 자신을 지나치게 숭배하고 있다는

느낌과 자신이 그것을 몰래 즐긴다는 사실 때문에 양심의 가책을 느끼며 그들을 무비판적으로 따뜻하게 사랑했다.

223 훈련받지 않은 인간의 본성은 솔직하거나 순진하지 않다. 그것은 본능적인 교활함의 요령과 방어물로 가득했다.

224 "시간이 지나면 서로의 각진 부분이 둥글어 질거야." 그는 뒤를 돌아보았다.

하지만 최악의 상황은 그가 가장 날카롭게 유지하고 싶어 하는 바로 그 각진 부분에 메이가 압력을 가하고 있다는 것이다.

225 마치 침묵으로 고백한 실수 때문에 그녀가 그의 처분에 맡겨져서 초라해지면서 한편으로는 사랑스러운 존재가 된 것처럼, 그는 자신이 질투심과 동정심의 애매한 감정에 의해 그녀에게 끌리는 것을 느꼈다.

주인공인 뉴랜드는 상류층 출신의 변호사로, 뉴욕 상류 가문의 딸 메이와 약혼했다. 그런데 어느 날 메이의 사촌인 엘렌이 이혼 소송을 위해 아처의 도움을 받다가 둘은 사랑에 빠진다. 안정적인 생활과 가문의 명예, 그리고 사회적 관습을 상징하는 메이와 자신이 꿈꾸는 세상을 상징하는 엘렌 사이에서 갈등하던 뉴랜드는 결국 메이와 결혼한다. 그렇지만 엘렌을 향한 마음을 접지 못하고 26년 후 메이가 세상을 떠날 때 엘렌을 만나기 위해 파리에 가지만, 그는 차마 그녀를 만나지 못하고 이야기는 끝난다.

226 "사실 우리 두 사람 중 어느 누구에게도 삶이 그렇게 잘 맞지는 않는 것 같아."

227 그는 투명한 눈으로 자신의 마음속을 한 번 꿰뚫어 보았던 새로운 존재가 사라져버린 것에 너무 크게 실망했다. 메이는 그의 실망감을 눈치 챈 것 같았지만 그것을 어떻게 누그러뜨려야 할지 몰랐다.

228 그녀는 눈물을 흘리거나 눈에 띄게 동요하지도 않은 채 차분하게 낮은 목소리로 이야기했다. 그리고 그녀의 입에서 나오는 한마디 한마디가 뜨거운 납탄환처럼 그의 가슴속에 떨어졌다.

229 그는 자신이 뭔가를 놓쳤다는 것을, 인생의 꽃을 놓쳤다는 것을 알았다. 그러나 이제는 그것이 너무나 도달하기 어렵고 불가능해 보여서 그것에 한탄하는 것은 복권에서 일등으로 당첨되지 않았다고 절망하는 것과 같다고 생각하게 되었다.

230 우리는 서로 멀리 떨어져 있을 때만 서로 가까이 있어요. 그러면 우리는 우리 자신이 될 수 있어요.

『테스』와 『순수의 시대』처럼, 우리가 가진 도덕관념과 관습에 대해 의문을 던지는 소설 형식은 대개 사랑을 다루는 경우가 많은 듯하다. 이는 사랑이란 어떤 규범으로도 통제할 수 없는 감정이라고 여겨지기 때문일 것이다. 친구의 아내를 사랑하게 된 베르테르도, 사람을 죽인 테스도 사랑 안에서는 독자에게 감동을 주는 주인공이 될 수 있다. 그만큼 도덕규범이라는 틀을 허무는 데에 사랑이라는 감정만큼 유효한 것이 없다는 것이다. 그러니 서로 사랑하는 사람들을 위해 편견은 내려놓자. 세상에는 아직 사랑의 힘으로 부숴야 하는 틀이 남아 있다.

작가: 이디스 워튼 Edith Wharton, **1862~1937**

뉴욕의 부유한 상류층 가정에서 이디스 뉴볼드 존스라는 이름으로 태어난 그녀는 가정교사 밑에서 프랑스어와 독일어를 공부했으며 아버지의 서재에서 문학과 철학, 과학과 예술에 관한 책을 광범위하게 읽었다. 제1차 세계대전 때에는 고아와 피난민들을 직접 보살피기도 했던 그녀는 1920년에 『순수의 시대』를 발표하고 여성 최초로 퓰리처상을 수상하였다. 그녀의 작품 중 또 하나의 여성 문학 걸작으로 평가되는 작품으로 『여름Summer』이 있다.

3-6

#겨울 #서정적인 #아름다운 문체

『설국』_가와바타 야스나리

추운 겨울에는 사람의 체온이 필요하다. 몸을 맞대고 추위를 이겨내고, 긴 밤을 함께 지낸다는 점에서 겨울은 사랑이 필요한 계절이라고 수식할 수 있다. 가와바타 야스나리의 『설국』은 그 첫 문장부터 유명하다. 짧은 문장으로 하여금 독자는 '눈의 고장'에 당도하게 된다. 온통 하얗게 눈이 내린 풍경을 상상하면 마음이 차분해지고, 주인공에게 어떤 일이 생겨도 애처롭게 다가올 것 같은 이미지가 만들어진다. 그런데 사람의 마음도 계절처럼 변하려고 한다면 우리는 어떻게 해야 할까?

231 국경의 긴 터널을 빠져나오자, 눈의 고장이었다. 밤의 밑바닥이 하얘졌다. 신호소에 기차가 멈춰 섰다.

232 거울 속에는 저녁 풍경이 흘렀다. 비쳐지는 것과 비추는 거울이 마치 영화의 이중노출처럼 움직이고 있었다. 등장인물과 배경은 아무런 상관도 없었다.

233 손가락으로 기억하는 여자와 눈에 등불이 켜진 여자 사이에 무슨 일이 있는지, 무슨 일이 일어날지,

어쩐지 시마무라는 마음속 어딘가에 보이는 듯한 느낌이다. 아직 저녁 풍경이 비치던 거울에서 덜 깨어난 탓일까.

234 별무리가 바로 눈앞에 가득 차면서 하늘은 마침내 머언 밤의 색깔로 깊어졌다. 서로 중첩된 국경의 산들은 이제 거의 분간할 수가 없게 되고 대신 저마다의 두께를 잿빛으로 그리며 별 가득한 하늘 한 자락에 무게를 드리우고 있었다. 모든 것이 맑고 차분한 조화를 이루었다.

235 시마무라는 밖으로 나오고서도 요코의 눈길이 그의 이마 앞에서 타오르는 것 같아 어쩔 바를 몰랐다. 그건 마치 먼 등불처럼 차갑다. 왜냐면 시마무라는 기차 유리창에 비친 요코의 얼굴을 바라보는 동안 야산의 등불이 그녀의 얼굴 저편으로 흘러 지나가고 등불과 눈동자가 서로 겹쳐져 확, 환해졌을 때, 뭐라 형용하기 힘든 아름다움에 가슴이 떨려왔던 어젯밤의 인상을 떠올렸기 때문이다.

소설의 주인공 시마무라는 무용 연구가이다. 그는 고마코라는 기생에게 이끌려 몇 년 동안 계속 눈이 많이 내리는 북쪽의 온천장에 찾아오곤 한다. 적극적인 구애를 하지 않고, 그것이 부질없다는 것을 알면서도 시마무라의 마음은 그녀에게 끌린다. 그때, 고마코를 통해 알게 된 요코가 등장한다. 시마무라에 대한 고마코의 사랑이 점차 고조되는 가운데 시마무라는 여인의 아름다움에 깊이 매혹되면서도 요코의 신비스러움과 지순함에 아름다움의 극치를 느끼게 된다. 굳이 관계성을 소개하자면 삼각관계인 셈이다.

236 〈이런 날은 소리가 달라요〉하고 눈 온 뒤 맑은 하늘을 올려다본 고마코가 말한 적이 있었다. 공기가 다른 것이다. 극장 벽도 없고 청중도 없고 도시의 먼지도 없어, 소리는 다만 깨끗한 겨울 아침을 맑게 지나며 멀리 눈 쌓인 산들까지 곧바로 울려 퍼졌다.

237 가을 날씨가 쌀쌀해지면서 그의 방 다다미 위에는 거의 날마다 죽어가는 벌레들이 있었다. 계절이 바뀌듯 자연도 쓰러지고 마는 조용한 죽음이었으나, 다가가보면 다리나 촉각을 떨며 몸부림치고 있었다. 이들의 조촐한 죽음의 장소로서 다다미 여덟 장 크기의 방은 지나치게 넓었다.

238 시마무라는 혼자 여행을 다니며 온천에서 고마코와 줄곧 만나는 사이, 청각이 묘하게 예민해졌는지 바다와 산이 울리는 소리를 그저 연상만 해도 그 먼 울림이 귓속을 스치는 것 같았다.

239 불똥은 은하수 속으로 퍼져나가며 흩어져 시마무라

는 또 한 번 은하수 쪽으로 끌어올려지는 느낌이었다. 연기가 은하수로 흐르는 것과 반대로, 은하수가 쏴아 하고 흘러 내려왔다.

240 고마코는 게이샤의 긴 옷자락을 끌며 비틀거렸다. 요코를 가슴에 안고 돌아오려 했다. 필사적으로 버티려는 얼굴 아래, 요코의 승천할 듯 멍한 얼굴이 늘어져 있었다. 고마코는 자신의 희생인지 형벌인지를 안고 있는 듯한 모습이었다.

가와바타 야스나리는 이 작품으로 노벨문학상을 받은 최초의 일본인이 되었다. 소설이 전개되는 구체적 무대는 니가타 현의 에치고유자와(越後湯澤) 온천이라고 전해지는데, 작가는 이곳에 직접 머물면서 작품을 집필했다고 한다. 이는 자연 풍경 묘사에 대한 작가의 관심 때문으로 여겨지며, 그는 계절의 변화를 민감하게 관찰하며 집필했다. 그만큼 계절과 자연에 따른 시간의 흐름과 심리 묘사가 매우 아름답게 어우러져 서정적인 소설의 매력을 잘 보여준다. 눈이 오는 날엔 따뜻한 차 한 잔과 함께 『설국』의 문장들이 생각난다.

작가: 가와바타 야스나리かわばた やすなり**, 1899~1972**

가와바타 야스나리는 일본 문학사에 찬연히 빛나는 수많은 명작을 남긴 근현대 일본 문학의 중요한 작가로 오늘날까지 일본에서 가장 아름다운 문장을 쓴 작가로 소개되곤 한다. 그러나 노벨문학상 수상 후에는 압박감으로 인해 많은 작품을 쓰지는 못한 것으로 알려진다. 또한 그가 훌륭한 작가이긴 해도 일류 소설가라는 평가가 보편적이지 않았다는 평도 있지만 전통적인 일본의 아름다움 속에서 자기의 감성(感性)을 닦아 독자적인 문학의 세계를 창조함으로써, 근대 일본문학사상 부동의 지위를 구축하였다. 제자인 미시마 유키오(みしま ゆきお)가 자결한 뒤, 얼마 되지 않아 자살하였다.

3-7

#열린 관계 #인생은 축구 #결혼제도

『아내가 결혼했다』_박현욱

사랑하면 됐지, 결혼은 왜 하는 것일까? 그런 생각을 했던 시절도 있었을 것이다. 결혼이라는 제도는 어떻게 생겼으며, 우리의 삶에 어떤 영향을 미치고 사회적으로 어떤 의미가 있는지 탐구해 보는 것도 좋은 경험이다. 박현욱의 이 작품은 독점적 사랑과 결혼 제도의 통념에 대해 고찰해 볼 수 있는 계기를 마련하였다. 그러니까 결혼 제도와 보편적인 연애관은 왜 상대방을 한 명으로 정해놓았을까, 같은 이야기이다. 소설의 제목과 일맥상통하듯, 이야기는 아내가 다른 남자와 결혼하는 발칙한 상황에서 시작된다.

241 우리나라만 해도 부부간 금실이 좋다는 게 왜 자랑이겠으며 왜 감탄의 대상이 되겠어? 금실 좋은 부부로 살기 어렵다는 걸 다들 아니까 그렇겠지.

242 아내는 다른 남자를 만났고 그와 결혼했다. 사랑한다는 이유로. 그러면서도 나와 이혼하지 않으려 했고 결국 이혼하지 않았다. 역시 사랑한다는 이유로. 나는 그런 아내와 헤어지지 못했다. 마찬가지로 사

랑한다는 이유로.

243 제도라는 거, 인간이 만드는 거잖습니까. 일부일처제가 인간 사회를 유지시켜주는 제도일지는 몰라도 인간의 본성에는 맞지 않습니다.

244 우리의 사랑은 놀이가 될 수 있을까. 그렇게들 심각하게 사랑과 연애와 결혼을 규정하고, 억압하고, 비판하지 말고, 이 모든 사랑의 산전수전을 신명나는 놀이로 생각할 수는 없을까.

245 일생에 단 한 번뿐인 열정적인 사랑을 하면서 평생을 행복하게 살 수 있다는 건 환상에 지나지 않아요.

삭막하게 진화해가는 현대인의 사랑과 연애와 결혼의 양상을 축구라는 게임의 룰을 이용해서 풀어낸 이 작품은 더 행복해지기 위해 사랑하고, 연애하고, 결혼을 선택한 남자의 대범한 사랑을 그리고 있다. 회사원인 덕훈은 업무관계로 만난 프리랜서 인아에게 반해 결혼하게 된다. 그러나 인아는 결혼 후 다른 남자를 만나 사랑에 빠지고, 두 사람을 동시에 사랑한다며 덕훈과 이혼하지 않은 채로 다른 남자와도 결혼생활을 유지하게 된다. 그렇다면 그녀는 다자연애를 실천하는 폴리아모리인 걸까?

246 어차피 한 번 사는 인생인데 행복하게 사는 게 좋잖

아. 나는 내가 행복해지기 위해서라면 무슨 일이든 지 할 거야. 최대한 다른 사람에게 피해를 주지 않는 선에서 말이지.

247 사랑이 꼭 한 가지 모습일 수만은 없잖아요. 다른 사람들이 뭐라고 하건 우리가 서로 좋아해서 만나는 거라면 연애라고 할 수 있지 않나요? 다른 사람들 생각이 그렇게 중요해요?

248 서로 사랑하는 가운데 서로가 동의하여 결정한 일이라면 아무런 문제가 되지 않는다. 문제라면 오히려 사랑하지도 않으면서 같이 살아가는 수많은 부부들이다.

249 마음에 들지 않는 점이 있다면, 그것이 나를 견딜 수 없게 한다면 끝내면 그만이다. 그러나 아내는 내 인생의 핀이며 내 인생은 오직 그녀만을 원했다는 것이 나의 비극이다.

250 어떤 사람이건 사랑을 하게 마련이고 사랑하는 사람들과 함께 살고 싶어 한다.

작가는 스포츠 팬으로서 사랑과 인생, 축구 사이의 교집합을 포착했다. 단순히 축구의 게임 룰에서 그치지 않고 축구의 역사, 현재 활약하고 있는 선수들의 인생과 그를 둘러싼 에피소드, 축구와 관련된 사건, 축구 상식 등에 관한 생생한 자료들을 사건과 상황의 흐름에 절묘하게 끌어들여 서사와 주인공의 심리 상태에 생동감을 부여한다. 이 작품이 말하는 낯선 결혼관이 불편하면서도 한편 유쾌한 이유는, 독점적 연애와 일부일처제가 사랑을 지속시키지 못할 뿐더러 오히려 행복을 억압하는 프레임으로 쓰이는 아이러니한 현실을 적나라하게 보여주기 때문일 것이다.

작가: 박현욱 1967~

1967년 서울에서 태어나 연세대학교 사회학과를 졸업했다. 그는 서른이 훨씬 넘어 다니던 회사를 그만두고 "집에서 자의반 타의반 백수생활을 하고 있을 때" 신춘문예 광고를 봤다고 한다. 마감 일주일을 앞두고 쓴 첫 작품은 당선되지 않았지만, 그는 데뷔가 빨랐다고 평한다. 1999년 말부터 글을 쓰기 시작해서 2001년 등단했으니, 습작기간은 채 2년이 못 되는 것이다. 데뷔작은 2001년 『동정 없는 세상』으로, 문학동네 신인작가상을 수상하면서 등단했다. 2003년 『새는』을 출간하고, 이어 2006년에는 『아내가 결혼했다』로 제2회 세계문학상을 수상했다.

3-8

#수용소 #정치범 #퀴어

『거미여인의 키스』_마누엘 푸익

앞서 사랑을 통해 편견을 넘어보자는 요지의 이야기가 전개된 바 있다. 그리고 꼭 여자와 남자만이 서로를 사랑할 수 있는 게 아니라는 것은 이제 보편적으로 알려진 사실이 되었다. 아르헨티나 작가 마누엘 푸익의 『거미여인의 키스』는 라틴 아메리카라는 국적과 성소수자라는 소재 때문에 많이 생소한 작품일 수도 있다. 의외로 접점이 하나 있다면, 한국 대중음악을 이끌었던 가수 조용필이 이 작품의 뮤지컬 버전을 매우 좋아했다는 일화가 있다는 것이다. 그때 당시에는 성소수자 관련 작품이 국내에 잘 들어오지 못하던 시기여서 직접 미국에서 보았다고 한다.

251 몰리나, 난 현재의 순간을 즐기는 것에 동의할 수 없어. 아무도 현재의 순간만을 위해 살 수는 없어. 그건 지상의 낙원에서나 가능한 일이야.

252 너도 이런 경험이 있는지 모르겠지만, 네가 무언가 깨달았다고 느낄 때, 그러니까 헝클어진 실 꾸러미를 풀 수 있는 실마리를 찾았을 때, 그걸 풀지 않으

면…… 놓쳐버리고 말아.

253 남자에게 가장 근사한 점은 멋지게 생기고 힘이 센 거야. 힘이 세다고 과시하지 않지만, 자신 있게 나아가는 그런 태도지.

254 그 영화는 너무나 멋진 영화야. 난 영화에만 관심이 있을 뿐이야. 내게 중요한 것은 이것뿐이야. 여기에 갇혀 있는 동안 미치지 않으려면, 이것처럼 멋진 일을 생각하는 것 빼놓고는 할 일이 없잖아, 그렇지 않아?

255 사랑은 바로 그런 거야. 사랑은 아무런 대가도 바라지 않은 채 사랑할 수 있는 모든 사람을 아름답게 하는 것이지. 난 내 애인이 오늘 저 하늘나라에서 돌아오더라도, 날 전처럼 예쁘고 젊게 쳐다볼 것이라고 굳게 믿고 있어.

소설은 부에노스 아이레스의 형무소를 배경으로 두 주인공을 만나게 한다. 애정을 갈구하다 아동보호법 위반으로 체포된 몰리나는 정치범인 발렌틴과 같은 방에 갇힌다. 그래서 영화 이야기를 들려주며 관계를 발전해나간다. 사실 몰리나는 가석방을 조건으로 발렌틴의 배후를 캐낼 것을 요구받았으나 발렌틴을 진심으로 사랑하게 되고, 정보를 포기한 소장은 몰리나를 가석방해 준다. 하지만 발렌틴은 몰리나에게 자신이 소속된 조직과 접촉해 줄 것을 부탁했고, 그를 사랑하게 된 몰리나는 부탁을 들어주지만 자신을 미행하고 있던 비밀경찰 탓에 사살 당한다. 발렌틴도 형무소에서 고문을 당해 죽어 가는데, 그가 환각을 보는 장면에서 소설은 끝난다.

256 내가 너한테 얼마나 고마워하고 있는지 넌 모를 거야. 미안해, 내가 가끔 퉁명스럽게 대해서…… 난 아무 이유도 없이 사람들 마음에 상처를 입혀.

257 누군가가 우릴 사랑한다는 생각을 우리는 절대로 할 수가 없어. 그건 우리가 살기를 원하는 것인데, 그러면 죽는 것을 두려워하게 돼.

258 여자를 생각할 때면, 항상 당신 모습 밖에는 떠오르지 않아. 지금 이 순간, 이 편지를 읽고 있는 동안이라도 당신이 날 생각하고 있을 것을 생각하면 큰 위안이 돼……

259 내가 원하는 건 단지 너와의 약속을 지키고 싶다는 거야. 언짢은 일은 모두 잊게 해 주고 싶어. 오늘 나는 너에게 슬픈 생각을 하게 하지 않을 거라고 약속했어. 난 이 약속을 지킬 거야.

260 난 너와 함께 남아 있고 싶어. 지금 내 단 한 가지 소원은 너와 함께 있는 거야.

이 소설은 국가권력과 사회적 관습에 의해 자신의 정체성을 억압당하는 인물들의 이야기를 풀어놓으며 자연스럽게 당시의 폭력적인 사회상을 고발한다. 발렌틴은 처음에 몰리나의 감상적인 면을 경멸했지만, 지속되는 고통에 나약해지고 감상적이 되어간다. 몰리나는 반대로 발렌틴을 챙겨주며 결국 사랑을 위해 자신의 목숨을 거는 대담함을 보여준다. 이렇게 교차되는 변화는 극적인 사랑을 보여준다. 독자들은 이 작품을 통해 사랑에 관한 무수한 편견을 부순 뒤 비로소 자유를 느낄 수 있을 것이다.

작가: 마누엘 푸익 Manuel Puig, 1932~1990

『거미여인의 키스』로 세계적인 명성을 얻어 순수문학과 대중문학의 경계에 서 있으면서 많은 독자들이 공감하는 작품을 써내려간 라틴아메리카의 대표적인 현대문학 작가이다. 1960년대 말부터 대중문화의 중요성을 인식하여 고급문화의 전통과 대중문화의 전통을 접목시키고자 노력하면서 실험적인 시도를 거쳐 소설을 발표해왔다. 그간의 대중문학이 간과해온 진지함과 순수문학이 간과해온 오락성 등이 절묘하게 배치된 그의 작품에는 어두운 사회적 상황과 소외된 자들의 현실이 스며들어 있다. 이러한 그의 작품세계는 대중문화와 고급문화의 경계를 파괴하면서 현대문학이 나아갈 바를 제시해 준다.

3-9

#불륜 #사랑과 전쟁 #보바리즘

『마담 보바리』_귀스타브 플로베르

사랑하는 사람과 결혼했다면, 왜 그 사랑은 영원하지 못한 것일까? 세계의 고전 명작이라 불리는 작품 중 불륜을 다룬 소설은 적지 않다. 왜냐하면, 문학이기 때문이다. 문학 속 인물을 단죄할 권리는 아무에게도 없다. 그저 그 심리에 한 번 빠졌다가 다시 나오는 것이 전부이다. 인간의 복잡한 내면을 그려내고, 기존 도덕관념에 도전하는 것은 작가에게 중요한 태도라고 할 수 있다. 플로베르의 『마담 보바리』는 사랑이 어떤 대단한 것이라는 착각 때문에 불륜에 빠졌다가 결국 자살하게 되는 가엾은 한 여자의 감정과 열망을 간접적으로 체험하게 해 주는 작품이다. 그것 때문에 한때는 금서목록에 포함되어 불경한 소설로 비난받은 바 있다.

261 그러나 욕망의 대담함은 자신의 비굴한 행위에 반항하여, 그녀를 만나는 것을 금지당한 대신에 그녀를 사랑할 권리를 얻은 것이라는 일종의 순진한 위선을 내세우게 되었다.

262 엠마는 결혼을 하기 전에는 샤를에게 애정을 품고

있다고 믿었었다. 그러나 그 사랑의 결과로 주어져야 할 행복이 느껴지지 않자 자신이 잘못 생각하고 있는 것이 틀림없다고 생각했다.

263 그렇지만 엠마는 지금 자기가 살고 있는 이 고요한 삶이 그녀가 꿈꾸었던 행복이라고는 생각할 수 없었다.

264 그러나 영혼 깊은 곳에서는 어떤 우연스런 사건이 발생하기를 기다리고 있었다. 마치 조난당한 선원들처럼 수평선의 바다 안개 속에서 어떤 흰 돛을 단 범선이 나타나지 않을까 두리번거리면서 자신의 고독한 삶에 절망적인 시선을 두루 보내곤 했다.

265 사랑은 번개의 번쩍이는 섬광처럼 불현듯 찾아와야 하는 것으로, 하늘에서 삶 위로 떨어져 그 삶을 뒤집어엎고 마치 나뭇잎인 양 의지를 뽑아 버리며 마음을 온통 심연 속으로 몰고 가는 폭풍과도 같은 것으로 생각하고 있었다.

의사가 된 샤를 보바리는 어머니의 뜻대로 돈 많은 미망인과 결혼하지만, 별로 맞는 구석이 없어 이내 결혼 생활에 환멸을 느낀다. 그러다가 자신의 환자였던 엠마의 외모에 이끌린 그는 아내가 죽은 후 그녀와 결혼한다. 하지만 엠마는 낭만적인 연애에 대한 환상을 품던 사람이었고 연애 때와는 달리 샤를의 둔감한 면에 질려 결혼생활에서 큰 행복을 느끼지 못한다. 결국 엠마는 소설 속 여주인공이 되려는 환상에 점점 빠져들고, 다른 남자들과 불륜을 저지르게 된다. 그 과정에서 많은 빚을 져 재산 압류를 통보받게 된 그녀는 비소를 먹고 자살하고, 엠마의 죽음 이후 모든 것을 알게 된 샤를은 엠마에 대한 울분과 그리움에 시달리다 죽는다.

266 평범한 가정생활은 그녀에게 호화로움에 대한 환상을 품도록 부추겼고, 부부간의 애정은 불륜의 사랑을 탐하는 욕망을 충동질했다.

267 레옹은 구체적인 성과도 없이 사랑하는 것에 싫증이 나 있었다. 그리고 또 재미도 없고 삶을 지탱해 줄 희망도 없이 반복되는 똑같은 삶에서 오는 압박을 느끼기 시작했다.

268 그때 엠마는 자신이 읽었던 책 속의 여주인공들을 떠올렸고, 불륜에 빠진 다수의 그 서정적인 여인들이 그녀의 기억 속에서 아주 매력적인 목소리로 노래하기 시작했다.

269 그녀는 처녀 시절, 결혼, 사랑으로 이어지는 이 모든 상황들을 거치면서 영혼이 겪은 온갖 모험들에 그것들을 다 써 버렸던 것이다. 여행길 숙소에 재산

을 조금씩 흘리고 떠나는 여행자처럼, 삶을 살아오면서 그렇게 계속 그것들을 잃어 온 것이었다.

270 샤를에게는 엠마가 자기의 몸 밖으로 흘러나와 주위의 사물 속으로, 고요 속으로, 밤의 어둠 속으로, 스쳐 지나가는 바람 속으로, 피어오르는 축축한 향기 속으로 어렴풋이 사라져 가는 것 같았다.

과연 그것이 엠마의 잘못이었을까? 엠마가 그 권태를 건강한 방식으로 해소할 수 있었다면 파국으로 향하지는 않았을 것이라는 생각이 든다. 현대인들은 감정을 억압하고, 권태 속에서 쳇바퀴 돌 듯 살아가기만을 강요당하고 있다. 그렇게 된다면 엠마처럼 무분별한 환상만을 좇다 바닥에 나앉을 수도 있다는 말이다.

마인드 컨트롤이란 중요하다. 항상 감정이 드나들 수 있는 숨구멍을 만들어두도록 하자.

작가: 귀스타브 플로베르 Gustave Flaubert, 1821~1880

"아름다운 형식이 없는 아름다운 생각은 없다. 그 반대의 경우도 마찬가지다. 예술의 세계에서 아름다움은 형태로부터 스며 나온다."라는 말이 알려져 사실주의자라고 소개되는 작가이다. 당대에는 도덕적 이유로 인정받지 못하기도 하고, 그 문학적인 영향력으로 찬사를 받기도 하며, 이중의 평가가 공존하던 플로베르는 오늘날, 특히 현실에 만족하지 못하는 청년들과 그 현상을 일컫는 말인 보바리즘Bovarysme이라는 용어를 남길 만큼 유명한 소설『마담 보바리』,『감정 교육』으로 당대의 가장 위대한 소설가 중 한 명으로 자리매김한다.

제4장

칠전팔기 백전백승

_용기를 주는 문학작품 속 한 문장

불가능을 가능으로 바꾸는 방법은 일단 불가능한 일을 해 보는 것입니다. 실제로 해 보지 않으면 불가능은 영원히 불가능으로 남습니다. 불가능을 불가능으로 불가능하다고 생각하기 때문에 자신감도 생기지 않습니다. 없던 자신감도 뭔가 해야 생깁니다. 비록 실패로 끝날지라도 자신감으로 도전하지 않으면 아무 일도 할 수 없습니다. 무언가를 할 수 있는 자격은 누군가가 주는 것이 아니라 본인이 획득하는 것이라고 합니다. 문학은 때로 개인의 삶을 뒤집어 놓기도 하는데, 어떤 문학에서 용기를 얻을 수 있을까요?

4-1

#신뢰 #지혜 #용기

『베니스의 상인』_윌리엄 셰익스피어

용기와 자신감을 가지려면 어떤 자세를 취해야 마땅할까? 바로 자신이 가치 있다고 생각하는 것에 대한 믿음이다. 셰익스피어는 비극으로도 유명하지만, 희극도 많이 집필하였다. 그의 대표적인 희극『베니스의 상인』은 무역업을 하는 안토니오가 결혼 비용이 필요한 친구 바사니오를 위해 유대인 고리대금업자 샤일록에게 3천 두카트를 빌리러 가는 것으로 시작된다. 명색이 사업가인 안토니오는 평소에 돈이 있었지만, 공교롭게도 그의 상선이 아직 항해 중이어서 당장의 경제활동을 하지 못해 현금이 없었던 것이다. 이때, 미래를 낙관하던 안토니오는 몇몇 사건들로 인해 우울해지지만 자신의 친구 바사니오에 대한 믿음은 잃지 않는다.

271 그러니 나한테 돈을 빌려주려거든 친구한테 빌려주는 것처럼 하지 말게. 친구로부터 이자를 받는 우정이란 게 어디 있던가?

272 유대인은 눈이 없습니까? 유대인이라고 손, 내장, 기질, 감각, 애정, 정열이 없을까요? 유대인도 기

독교인과 같은 음식을 먹고, 같은 무기에 상처를 입고, 같은 병에 걸리고, 같은 치료법으로 치유되고, 겨울에는 따뜻하게 여름에는 시원하게 지내고 싶지 않을까요?

273 나는 아무리 무섭게 노려보는 눈초리를 만나도 대적하리다. 나는 아무리 용맹한 상대를 만나더라도 도전하리다. 젖을 빠는 아기곰을 어미곰의 품에서 떼어 놓겠소. 먹이를 달라고 으르렁대는 사자라도 조롱하고 경멸하겠소. 당신을 내 아내로 맞이할 수 있다면 말이오.

274 악마도 성경을 제 목적에 쓸 수 있네. 사악한 영혼이 성스러운 증거를 대는 건 웃는 얼굴 보이는 악한과 같은 건데 보기 좋은 사과가 그 속은 썩은 거지. 오, 허위의 겉모습은 얼마나 훌륭한가!

275 제가 보는 바로는 아무것도 먹지 못해 굶어죽는 사람과 마찬가지로 포식하는 사람도 아프기는 마찬가지입니다. 그러니 중간을 지킨다는 것은 적지 않은 행복이랍니다.

샤일록은 기한 내에 돈을 갚지 않으면 살 1파운드를 베어 가겠다고 말한다. 안토니오가 그런 엽기적이고 무리한 계약을 한 이유는 두 가지다. 첫 번째는 안토니오는 친구인 바사니오를 자신의 목숨만큼 소중히 여기는 사람이기 때문이고, 두 번째는 샤일록과 계약을 체결할 시점에는 누구나 그러하듯 안토니오 자신의 미래에 대해 정확하게 예측할 수 없었기 때문이다. 바사니오의 청혼 과정도 매우 흥미롭고, 전반적으로 지혜로운 인물과 대사가 돋보이며 권선징악의 형태를 띠고 있는 것도 사실이다.

276 빛나는 것이 다 금은 아니라는 말을 종종 들었으리라. 나의 겉모습에 홀려서 목숨을 잃은 사람들도 많다. 황금 무덤에는 구더기가 우글거린다.

277 이 은궤는 일곱 번을 담금질해서 만들어졌도다. 너 또한 일곱 번 숙고해서 판단했어야 했노라.

278 자비란 억지로 베푸는 것이 아니요, 자비란 하늘에서 보슬비가 내리어 대지를 적시듯이 내리는 것이요. 그것은 이중의 축복일진대 이는 자비를 베푸는 자와 받는 자 쌍방의 축복이요. 자비는 크고 높은 자에게 있어서 더욱 큰 미덕이요.

279 유대인이여, 그대는 끝내 재판을 주장하나 재판으로는 우리들 중에 한 사람도 구원을 받을 수는 없소. 우리는 서로가 자비를 위해 기도하오, 그 기도는 타인에게 자비를 베풀 것을 우리에게 가르쳐 주고 있소.

280 증서대로 살을 한 파운드만 떼어 가거라. 단 살을 뗄 때 예수교도의 피를 한 방울이라도 흘린다면, 그대의 토지와 재산은 베니스의 법률에 의하여 국가에 몰수당할 것이다.

『베니스의 상인』에 관한 이야기를 하다보면 샤일록의 이야기가 빠지지 않는다. 샤일록의 분노는 차별에 대한 분노였다. 셰익스피어는 편견을 갖고 유대인 샤일록을 만들어냈지만 샤일록이 울분을 토하는 대사는 그를 변호한다. 이는 창작자가 가져야 할 최소한의 인류애라고 볼 수 있겠다.

우리는 주인공인 안토니오와 바사니오의 해피엔딩에 주목하고, 미래를 낙관하는 방법으로 이 책을 읽을 수 있고, 샤일록에 주목해서 읽을 수도 있다. 그것은 독자의 자유이다. 확실한 것은, 계약은 늘 신중히 해야 하며 인생에 변수는 있다는 것, 그리고 그 변수가 인생을 재밌게 만들어 준다는 것이다.

작가: 윌리엄 셰익스피어 William Shakespeare, 1564~1616

수백 년이 흐른 지금도 꾸준히 사랑받는 셰익스피어는 21세기에도 여전히 작가들에게 영감을, 독자들에게 값진 경험과 감동을, 연구자들에게는 고민거리를 준다. 극작가로서의 셰익스피어의 활동기는 1590~1613년까지의 대략 24년간으로 볼 수 있다. 이 기간에 그는 모두 37편의 작품을 발표하였다. 작품을 시기별로 구분해 보면, 초기에는 습작적 경향이 보였으며, 영국사기(英國史記)를 중심으로 한 역사극에 집중하던 시기, 그것과 중복되지만 낭만희극을 쓰던 시기, 그리고 일부의 대표작들이 발표된 비극의 시기, 말년에 가서는 화해(和解)의 경지를 보여주는 이른바 로맨스극 시기로 나눌 수 있다.

4-2
#자유로운 영혼 #기행 #자유의지
『그리스인 조르바』_니코스 카잔자키스

감정적 욕구를 너무 억제하고 살다 보면 자신에게 그런 욕구가 있다는 것조차 잊게 될 수 있다. 직장에서 가정에서 다른 사람의 욕구를 해소해 주는 일을 우선적으로 하면서, 자신이 하고 싶은 일은 우선순위에서 뒤로 미루게 되는 것이다. 이런 상태가 지속되면 자신의 욕구를 제대로 알지 못하고 의욕상실에 빠지게 된다. 이런 인생에 어떤 재미가 있을까? 니코스 카잔자키스의 『그리스인 조르바』에는 이런 대사가 나온다. “분명히 해둡시다. 나한테 윽박지르면 그때는 끝장이에요. 결국 당신은 내가 인간이라는 걸 인정해야 한다 이겁니다.” “인간이라니, 무슨 뜻이지요?” “자유라는 거지!”

281 인간의 영혼은 육체라는 진흙 속에 갇혀 있기에 무디고 둔한 것이다. 영혼의 지각 능력이란 조잡하고 불확실하기 때문에 그 어떤 것도 분명하고 확실하게 내다볼 수 없다. 미래를 미리 볼 수 있다면 우리 이별은 얼마나 다를 수 있었을까.

282 인생의 신비를 사는 사람들에겐 시간이 없고, 시간

이 있는 사람들은 살 줄을 몰라요.

283 사람은 바보 같은 구석이 있기 마련입니다. 가장 바보 같은 놈은, 내 생각에는 바보 같은 구석이 없는 놈일 것입니다.

284 이 더러운 놈의 세상에서 자유를 누리고 싶으면 살인을 저지르고 사기 치고 해야 한다는 이야기 아닙니까? (…) 식물이 싹으로 돋아나려면 씨앗이 있어야 합니다. 우리 내장 속에 그런 씨앗을 집어넣은 건 누구지요? 이 씨앗이 친절하고 정직한 곳에서는 왜 꽃을 피우지 못하지요? 왜 피와 더러운 거름을 필요로 하느냐는 것입니다.

285 보다 고상한 정열에 휩쓸리는 것. 그것 역시 또 다른 노예 상태는 아닐까? 사상이나 민족이나 하느님을 위해 희생하는 것은? 우리가 따르는 것이 고상할수록 노예의 사슬이 길다는 뜻은 아닐까?

화자인 '나'는 아테네의 항구 피레아스에서 친구와 헤어져 크레타로 가는 배에 오른다. 이때 조르바는 '나'에게 무조건 자기를 데려가 달라고 말한다. 그렇게 해서 크레타에서 조르바와 '나'는 갈탄 광산을 개발하기 시작한다. 소설의 많은 부분이 조르바가 들려주는 이야기로 구성되는데, 어찌 보면 산전수전 다 겪은 늙은이의 인생 이야기라고 여길 수도 있지만, 조르바의 이야기는 그의 평생에서 진심으로 우러나오는 그의 자유 의지를 담는다. 문학을 좀 안다는 사람은 '자유'라는 키워드가 주어졌을 때, 이 작품을 떠올릴 것이다.

286 우리가 복잡하고 난해하다고 생각하는 문제를 조르바는 칼로 자르듯, 알렉산드로스 대왕이 고르디아스 매듭을 자르듯이 풀어낸다. (…) 우리들 교육받는 자들이 오히려 공중을 나는 새들처럼 골이 빈 것들일 뿐.

287 많은 사람들은 아무 짓 않고 애국자 노릇을 합니다. 나는 애국자가 아닙니다. 애국자 노릇이 어떤지 모르지만 앞으로도 애국자 될 생각은 없고요.

288 인생이란, 가파른 경사도 있고 내리막길도 있는 법이지요. 잘난 놈들은 모두 자기 브레이크를 씁니다. 나는 브레이크를 버린 지 오랩니다. 나는 꽈당 부딪치는 걸 두려워하지 않거든요.

289 좋은 사람이냐, 나쁜 놈이냐? 요새 내게 문제가 되는 건 이것뿐입니다. 나이를 더 먹으면 이것도 상관하지 않을 겁니다. 좋은 사람이든 나쁜 놈이든 나는 그것들이 불쌍해요. 모두가 한 가지 입니다. 태연해야지 하고 생각해도 사람만 보면 가슴이 뭉클해요.

290 그는 우리 모두를 거칠게 밀어붙이고는 침대에서 뛰어내려 창문가로 갔습니다. 거기서 창틀을 부여

잡고는 먼 산을 바라봅디다. 눈을 크게 뜨고 웃다가 말처럼 울기도 했어요. 그렇게 창살에 손톱을 박고 서서 죽음을 맞았어요.

스스로의 인생을 맘대로 할 수 없게 되면 스트레스에 시달리게 되고 불만은 가중되고 심하면 인간관계까지 망치게 된다. 자신에게도 감정과 욕구가 있다는 사실을 다시 깨닫고 자유를 누려야 건강을 되찾는 법이다. 자유를 추구하는 것에 용기를 잃지 않는, 두려움을 잃지 않아 무모해 보이기까지 하는 조르바의 명대사를 짚어가며 소설을 읽다보면 독자의 마음에도 뜨거운 불이 일어날 것이다. 그 불을 잘 다루면 현실이라는 추위를 잘 다스릴 수 있으리라.

작가: 니코스 카잔자키스 Nikos Kazantzakis, 1883~1957

알베르 카뮈가 노벨문학상을 수상했을 때, 니코스 카잔자키스도 후보에 있었다. 그는 한 표 차이로 노벨상을 놓친 그리스의 대문호이다. 그는 백혈병을 앓는 중에도 중국과 일본에 다녀왔으나, 돌아오는 길에 독일에서 병이 악화되어 생을 마감한다. 그의 무덤은 고향인 이라클리오의 성문 근처에 있는데, 이는 동방정교회가 그의 소설이 신성 모독적이라며 무덤을 묘지 안에 두지 못하게 했기 때문이다. 그의 비석에는 다음과 같은 글이 쓰여 있다. "나는 무엇도 바라지 않는다. 나는 무엇도 두려워하지 않는다. 나는 자유다."

4-3

#삶의 통찰 #인간의 도전 #고군분투

『노인과 바다』_어니스트 헤밍웨이

푸른 바다를 떠올리면, 가슴의 막막함이 사라지는 기분이 든다. 그런데 망망대해에 표류되거나 상어떼를 만난 사람도 그럴까? 사람은 모두 자기만의 적을 갖고 있다. 적이 있어야 동료가 있고, 불운이 있어야 행운이 있기 마련이다. "인생지사 새옹지마"라는 말이 있듯, 사람은 늘 불행할 수도 늘 행복할 수도 없다. 헤밍웨이의 소설인 『노인과 바다』는 특유의 사실적이고 간결한 문체로 하나의 사건을 매우 깊게 파고들어가 인생의 진리를 탐구하여 높은 평가를 받은 작품이다.

291 꿈을 꾸면서도 너무 이르다는 것을 느끼자, 다시 계속 꿈속으로 돌아가 바다에서 솟아오르는 섬의 흰 봉우리를 보았고, 다음에는 카나리아 국도의 여러 항구며, 정박장 꿈을 꾸었다.

292 희망을 버리는 건 어리석은 짓이야.

293 이미 노을이 내려앉은 바다, 노인은 오늘 하루 허탕을 치게 생겼다. 그러나 아직 바다 어딘가에 행운이 남아 있을지 모른다며, 계속해서 붉은 물결 위로 노

를 저어간다.

294 노인은 고기를 한번 보았기 때문에, 고기가 물속에서 자줏빛 가슴지느러미를 날개처럼 활짝 펴며 크고 꼿꼿한 꼬리로 어두운 물속을 가르면서 헤엄치는 모습을 그려볼 수 있을까, 하고 노인은 생각했다.

295 굶주림이라는 고통과, 알지도 못하는 대상과 겨루고 있다는 사실이 무엇보다 중요하다. 늙은이, 자 좀 쉬지, 다음 번 할 일이 있을 때까지 녀석이 마음대로 애를 쓰게 놔두라고.

소설의 줄거리는 단순하다. 한때는 잘 나가는 선원이자 어부였으나 지금은 매일 바다에 나가면서도 아무 고기도 못 잡은 채 바다 위를 부유하다 귀항하는 노인 산티아고와, 그가 그런 나날들을 보낸 지 84일 만에 낚은 청새치, 그리고 이 청새치를 노리는 상어들의 이야기로 축약할 수 있다. 쉽게 말하면, 한 노인이 84일 만에 큰 생선을 잡았는데 오는 길에 상어가 다 뜯어먹었다는 이야기이다. 이런 단순한 이야기도 훌륭한 작가를 만나면 이처럼 자연에 대한 동경과 인간의 의지에 대한 찬양이 돋보이는 명작소설이 될 수 있다는 것을 보여준다.

296 그래도 잠을 자야 해. 별도, 달도, 해까지도 잠을 잔

다. 심지어 바다마저도 조류가 없는 조용한 날이면 이따금 잠을 잔다.

297 곧 고기가 올라올 텐데, 나는 견딜 수 있다. 견뎌야 해. 말할 필요도 없는 일이지.

298 만일 고기가 모든 권위를 잃고 배 안에 실려 있다면 역시 문제는 없다. 그러나 노인은 그들이 한데 묶여서 나란히 함께 나아가고 있다는 생각이 들었다.

299 너는 다만 살기 위해서라든지 팔기 위해서 고기를 죽인 것은 아니다, 하고 그는 생각했다. 긍지를 위해서, 또 어부이기 때문에 고기를 죽인 것이다. 너는 고기가 살아 있을 때도 사랑했고, 죽어서도 사랑했다.

300 "그래도 사람은 패배하기 위해 창조된 게 아니다." 그가 말했다. "인간은 파괴될 순 있지만 패배하지는 않는다."

삶에서 모든 결과가 만족스럽게 나오는 사람은 세상에 없을 것이다. 있다고 한들, 그게 과연 진짜 만족일까? 사람이 성장하기 위해서는 어느 정도는 만족을 덜 하는 습관이 필요하다. 뿌듯하고 보람 있는 일에는 충분히 자신을 기특히 여기고 칭찬해서 자신감을 길러야 하지만, 모든 일에 뿌듯해하는 건 좋지 않다는 말이다. 이 소설은 과연 새드엔딩일까?

노인의 마음도, 바다의 역동적인 웅장함도, 독자에게 용기를 불어넣어주는 요소일 것이다.

작가: 어니스트 헤밍웨이 Ernest Miller Hemingway, 1899~1961

헤밍웨이는 잃어버린 세대 작가들 중 대표 3인방 어니스트 헤밍웨이, 스콧 피츠제럴드, 윌리엄 포크너 중 가장 대표적인 인물이기도 하다. 그의 작품에는 대체로 극기주의, 허무주의, 하드보일드 스타일과 강인한 남성상 등이 잘 표현되어 있다. 그는 자신의 어머니와 사이가 좋지 않았기 때문에, 아버지가 죽었을 때는 달려갔으나 어머니가 죽었을 때는 "난 글을 마저 써야 한다. 돈을 부치면 가족들이 알아서 할 거다."라며 무시했다고 한다. 위대한 작품을 남기고 스스로 생을 마감한 많은 작가와 마찬가지로, 그도 엽총으로 자살한다.

4-4

#고래사냥#뱃사람#도전

『모비 딕』_허먼 멜빌

대부분의 사람들은 자신의 한계를 알지 못한다. 그 한계까지 도전해 보지 않기 때문이다. 그러면서 세상은 불공평하고 나만 능력이 없다고 불평하고는 한다. 하지만 세상에 능력이 부족한 사람은 없다. 문학에는 한계를 극복하고 자연과 투쟁하는 인간이 나온다. 결말이 어떠하든, 그것은 그런 시도 그 자체의 가치로 인해 빛난다. 허먼 멜빌의 『모비 딕』 또는 『백경』(번역된 제목)은 거대한 고래를 잡기 위해 바다로 떠난 포경선의 이야기이다.

301 이 세상에 노예 아닌 사람이 있는지 묻고 싶다. 늙은 선장이 아무리 나를 혹사하고 부려먹어도, 아무리 쥐어박고 후려 갈겨도, 나는 괜찮다는 것을 알고 거기에 만족한다.

302 우리는 이 삶과 죽음이라는 문제를 매우 잘못 생각해온 것 같아. 여기 지구상에서 소위 그림자라고 불리는 것이 사실은 우리의 진정한 실체인지도 몰라.

303 그는 완전히 평정을 유지했고, 자신을 벗 삼아 혼자

지내는 데 만족했고, 늘 자신을 감당해 나갈 수 있었다. 확실히 이것은 훌륭한 철학자의 특징이었다. 퀴케그는 철학이라는 것이 이 세상에 존재한다는 이야기도 들어본 적이 없을 테지만, 우리들 인간이 참된 철학자가 되기 위해서는 철학적으로 살거나 그렇게 살려고 애쓰는 것을 의식하지 말아야 한다.

304 '더욱 아늑하게'라는 말을 쓴 것은, 몸의 따뜻함을 즐기려면 몸의 일부가 추워야 하기 때문이고, 이 세상의 모든 특성은 비교에 의해서만 드러나기 때문이다.

305 육지를 모르는 갈매기는 해가 지면 날개를 접고 파도 사이에서 흔들리며 잠들 듯, 낸터컷 사람들은 육지가 보이지 않는 곳에서 밤이 오면 돛을 감아올리고 누워서 쉰다. 그들의 베개 바로 밑을 바다코끼리와 고래가 떼를 지어 지나간다.

소설은 거대한 흰 향유고래 모비 딕과 에이허브 선장의 싸움을 그리고 있으며, 작가가 원양포경선에서 일한 경험을 바탕으로 작성한 작품이다. 그래서인지 선상과 선상에서의 생활에 대한 묘사가 매우 자세하다. 살면서 포경선에 오를 일 없는 우리로서는 신선한 체험을 간접적으로 경험하게 되는 것이다. 에이허브 선장은 고래뼈로 만든 의족을 차고 복수심에 불타는 인물이다. 이 복수가 어떤 비극을 불러일으키는

지, 그리고 그것은 얼마나 강렬한지 직접 느껴보기를 권한다.

306 비극적으로 위대한 인물은 병적인 우울함을 통해 그렇게 되기 때문이다. 야망을 품은 젊은이들이여, 명심하라. 인간의 위대함이란 질병에 지나지 않다는 것을.

307 모든 것을 파괴할 뿐, 정복하지 않는 고래여, 나는 너를 향해 돌진하고 끝까지 너와 맞붙어 싸우리라. 지옥 한복판에서라도 너를 향해 작살을 던지고, 가늠할 수 없는 증오를 담아 내 마지막 숨을 너에게 뱉어 주마.

308 하지만 가장 숭고한 진리, 신처럼 가없고 무한한 진리는 육지가 없는 망망대해에만 존재한다. 따라서 바람이 불어가는 쪽이 안전하다 할지라도, 수치스럽게 그쪽으로 내던져지기보다는 사납게 으르렁대는 그 무한한 바다에서 죽는 것이 더 낫다.

309 따라서 내면에 기쁨이 슬픔보다 많은 인간은 진실할 수 없다. 진실하지 않거나 아직 인간이 다 되지 않았거나 둘 중 하나다.

310 이교도 작살꾼들은 한때 높이 솟아 있던 활대에 심취했기 때문인지, 아니면 충성심 때문인지, 또는 운명에 순응한 것인지, 배가 가라앉는데도 여전히 돛대 위에서 바다를 망보고 있었다.

출판 당시에는 그리 잘 알려지지 않았으며, 초판은 미국에서 12권이 팔렸다. 그러나 20세기 중반에 들어서, 『달과 6펜스』의 작가인 서머싯 몸의 극찬을 시작으로 재평가를 받으면서 현재는 미국 소설의 고전 중 고전이자 명작으로 추앙받으며, 수많은 작가와 철학자에게 영감을 주었다. 유명한 커피 브랜드인 스타벅스의 이름이 이 작품에 등장하는 '스타벅'이라는 인물에서 차용했다는 이야기도 있다. 인간의 도전과 자연의 경이로움을 그린 이 작품은 인생을 돌아볼 만한 명문장을 다수 품고 있다. 어쩌면 우리의 인생 자체도 거대한 고래잡이가 아닐까?

작가: 허먼 멜빌 Herman Melville, **1819~1891**

미국의 작가. 대표작으로는 『모비 딕』, 『필경사 바틀비』, 『빌리 버드』 등이 있다. 고래잡이로 일하면서 아프리카나 아메리카 원주민, 중국인, 인도인, 중남미인 같은 그야말로 각양각색 인종과 친구나 동지가 되었고, 이 당시로선 상당히 그들을 중립적인 시각으로 바라보았다. 그의 몇몇 소설에선 오세아니아 섬으로 들이닥쳐 개신교를 전도하면서 그들의 고유문화를 파괴하며 제국주의적 모습을 보이는 선교사들을 악랄하게 그렸다. 그래서 미국 개신교계에게 엄청난 비난을 들었음에도 멜빌은 이것이 현실이라면서 타협하지 않았던, 당시 유럽계 미국인으로서는 상당히 드물게 인종주의에 얽매이지 않은 인물이었다.

4-5
#숨은 의미 찾기 #기사도 정신 #풍자
『돈 키호테』_미겔 세르반테스

누구나 하늘에서 떨어지는 돈벼락, 멋진 왕자나 공주, 뜻하지 않은 커다란 행운과 모험에 관한 꿈을 꾼 적이 한 번쯤은 있을 것이다. 하지만 바라는 것이 있다면 먼저 그것을 얻기 위한 행동을 해야 한다. 세르반테스의『돈 키호테』는 이러한 공상을 풍자하기 위한 소설이었으나, 해석하는 사람에 따라 주인공이 자신의 야망과 꿈을 현실에서 느끼기 위해 떠난 재밌는 여정이라고 말하기도 한다. 줄거리만 아는 사람에게는 돈 키호테의 기행이 의미 없는 코미디로 다가갈 수 있겠지만, 원작은 매우 길면서 작가의 인생 철학을 담은 문장이 숨어 있다.

311 나의 이성을 만든 이성을 상실한 이성이 힘을 잃을지라도 나의 이성은 그대의 아름다움에 탄식하노라.

312 이룰 수 없는 꿈을 꾸고, 이루어질 수 없는 사랑을 하고, 이길 수 없는 적과 싸움하고, 견딜 수 없는 고통을 견디며, 잡을 수 없는 저 하늘의 별을 잡자.

313 정의는 그 말 그대로 지켜져서, 이익이나 편의가 정

의를 혼돈시키거나 모욕하는 일이 없었지만 지금은 정의를 혼탁하게 하고 더럽히고 학대한다네.

314 우리에게 일어난 이 모든 폭풍은 곧 날씨가 잠잠해지고 좋은 일이 생길 거라는 신호이니라. 행운이든 불행이든 계속해서 지속될 수는 없다네.

315 비록 혀는 침묵하게 할 수 있었지만 펜은 잡아 둘 수 없었던 거지요. 펜은 말보다 더 자유롭게 영혼 속에 있는 말을 전할 수 있었습니다.

중세 유럽의 기사도는 지배 계급이었던 기사들이 현실에서는 제대로 지키지도 못할 행동 규범을 세워 놓고 자기들을 정의와 이상을 추구하는 것처럼 포장한 일이라고 할 수 있다. 마치 한국의 양반, 선비 같은 개념이었다. 따라서 그런 기사도를 풍자하는『돈 키호테』는 그러한 중세적 세계관을 깨부수고 새로운 시대가 왔다는 메시지를 담은 미래지향적 소설이기도 하다.

316 내가 운명을 저주한다는 말은 틀린 말이네. 왜냐하면 나는 오히려 운명과 내 인생의 모든 날들을 축복과 행운으로 여기니까.

317 그대, 태양이여, 이제 그대의 말에 서둘러 안장을 얹고 새벽을 맞으며 나의 여인을 보러 갈 준비를 하

여라. 그녀를 보면 나의 안부를 전해 다오. 하지만 그녀를 보고 인사할 때 그녀의 얼굴에 입 맞추지 않도록 조심하라.

318 세상이 미쳐 돌아가고 있다면 누가 제정신일 수 있겠소? 너무 똑바른 정신을 가진 것이 미친 짓이오!

319 영혼의 즐거움은 우리의 시선이나 상상력이 앞에 놓인 사물에서 보거나 감지하는 아름다움과 조화에서 오는 것이고, 추하고 무질서한 것은 우리에게 어떠한 만족도 줄 수 없지요.

320 오, 거만한 자들에게는 겸손하고, 겸손한 자들에게는 거만하시며, 위험을 무릅쓰고 덤벼들고 모욕을 참으며, 이유도 없이 사랑을 하시고, 악한 자들을 채찍질 하시며, 천박한 자들의 원수이며, 결론적으로 방랑 기사이시니, 이것이 표현할 수 있는 모든 것이네!

쿠바 혁명에 참여했던 혁명가 체 게바라는 새로운 혁명을 위해 볼리비아로 떠나기 전에 부모에게 보내는 편지에 다음과 같은 문장을 썼다. "다시 한 번 내 발꿈치에 로시난테의 갈비뼈가 느껴집니다. 한 번 더 팔에 방패를 걸치고 길을 나서야겠습니다." 그는 자신을 돈 키호테로 비유한 것이다. 돈 키호테가 무모한 꿈과 이상을 좇는 이상주의자를 비유하는 말로 쓰이게 된 것이다. 한편으로는 돈 키호테라는 기사를 가슴에 품고 주인공이 제정신으로 돌아와 쓸쓸하게 삶을 마칠 때, 그를 미친 사람이라고 비난했던 사람들은 오히려 그의 기행을 그리워하며 슬퍼한다. 이러한 슬픈 엔딩은 우리에게도 변화의 메시지를 던진다.

작가: 미구엘 드 세르반테스 Miguel de Cervantes Saavedra, 1547~1616

'최초의 근대 소설'이란 평가를 받는 명작 『돈 키호테』를 저술한 스페인의 군인 겸 소설가, 시인, 극작가. 스페인 문학사에서는 윌리엄 셰익스피어 급으로 대접받는 대문호다. 그래서 마드리드의 중심부인 에스파냐 광장에는 그와 돈 키호테, 산초의 동상이 있다. 몇몇 스페인 문학자들은 근대 이후의 스페인어 자체를 '세르반테스의 언어La lengua de Cervantes'라고 부를 정도라고 한다.

4-6

#무인도에서 살아남기 #계급사회 #자유로움

『로빈슨 크루소』_대니얼 디포

우리가 무인도에 혼자 표류하게 된다면 어떨까? 인간이 가장 나약해지는 순간은 바로 홀로 있는 때이다. 어떤 동료도, 도구도 없이 무인도에 가게 되면 굶어 죽거나, 말라 죽거나, 맹수에게 잡아먹히거나 하는 식으로 죽게 될지 모른다. 그런 상상을 처음으로 문학으로 가져온 대니얼 디포는 매우 긴 제목의 소설을 썼다. 『로빈슨 크루소』라는 제목으로 알려진 이 소설은 사실 원제가 있다. 바로 『조난을 당해 모든 선원이 사망하고 자신은 아메리카 대륙 오리노코 강 가까운 무인도 해변에서 10년 동안 홀로 살다가 마침내 기적적으로 해적선에 구출된 요크 출신 뱃사람 로빈슨 피루엣이 그려낸 자신의 생애와 기이하고도 놀라운 모험 이야기』이다.

어떤 사람들은 이 원제를 듣곤 작품의 전개 내용을 장황한 제목이 모두 담고 있다며 웃기도 한다. 이렇게 다소 가볍게 느껴지는 제목으로 세상에 알려질 뻔 했던 『로빈슨 크루소』는 특유의 상상력을 발휘해 인간이 가장 나약해지는 순간을 섬세하게 묘사했다.

321 아버지는 나더러 잘 관찰할 것을 명했다. 즉 인생의 재앙은 상류층과 하류층끼리만 나누어 갖는다는 사실을 나도 알 것이라 했다.

322 "젊은이, 명심하라고. 자네가 돌아가지 않으면 어디를 가든 재앙과 실망에 부딪힐 걸세. 자네 아버님의 말씀이 자네에게 현실로 벌어지고 말 걸세."

323 이제 나는 천성과 아주 동떨어진 일을 했다. 이것은 내가 좋아하는 삶과 정반대였을 뿐 아니라 아버지의 집을 뛰쳐나와 아버지의 훌륭한 충고도 무시하며 살고 싶었던 삶과 전혀 달랐다.

324 갑작스런 기쁨은 슬픔처럼 처음에는 당혹스러운 것이다. 이것이 지나가면 그만큼의 슬픔이 몰려올 것 같기 때문이다.

325 가만히 앉아 없는 것을 갖게 해달라고 기도해 봤자 소용없다. 극단적 상황이 나의 응용력을 자극했다.

소설의 내용은 단순하고도 진지하다. 로빈슨 크루소가 중산층으로서의 평범한 생을 거부하고 모험을 나서다가 바다에 난파되어 무인도에서 혼자의 힘으로 생활을 설계한 다음 탈출할 배를 만들었다가, 식인종에게 먹힐 뻔한 원주민인 프라이데이를 구출하여 친구로 만들고, 무인도를 방문한 영국의 반란선을 진압해 선장을 구출하여 28년 만에 자신의 고국인 영국으로 돌아오는 이야기이다. 무인도에서 홀로서기를 하는 주인공의 모습에서 우리는 인간의 생명력과 끈질김, 그리고 의지를 느낄 수 있다.

326 전체적으로 보아 세상에서 더 비참할 수 없을 만큼 명확한 시련이 여기 있었다. 그러나 그 안에는 부정적인 것과 감사해야 할 긍정적인 것이 있었다. 나는 이것을 세상에서 가장 비참한 상황을 체험한 사람에게 지침이 되게 하고 싶다.

327 이처럼 모든 여건이 비참했음에도 내가 현재 영위하는 삶이 사악하고 저주받고 혐오스러운 과거의 내 삶보다 얼마나 행복한지 비로소 깨닫기 시작했다.

328 한마디로 말해서 사물의 본성과 그것에 대한 체험은 나에게 올바른 생각을 갖도록 명했다. 즉 이 세상에 있는 모든 좋은 것들은 우리에게 쓸모가 있는 한에서만 가치가 있다는 사실이었다.

329 신의 섭리는 인간이 사물을 보고 알 수 있는 한계를 아주 좁게 정했다는 것, 이 얼마나 다행인 일인가 하는 생각이었다. 수많은 위험에 둘러싸여 있으면서 그 위험들을 본다면 정신이 산란해지고 가슴이 내려앉을 것이다.

330 내 삶은 신의 섭리가 이뤄낸 흥망성쇠였으며, 세상에서 유례를 볼 수 없을 만큼 파란만장했다. 시작은 비록 어리석었지만 끝에 가서는 더 바랄 것이 없을 정도로 행복한 삶이었다.

주인공인 로빈슨은 배 한두 척을 홀로 만들고, 빵을 먹기 위해 간이 오븐을 제작하고, 그저 어깨너머로 일하는 사람들을 쳐다봤던 것을 기억해내서 숫돌을 만들어내는 등 놀라운 능력을 지녔다. 또한 섬에서 매우 오래 생활하면서도 인간적인 외로움에 시달리는 묘사는 상당히 적은 것으로 보아 정신력 또한 강했다고 해석할 수 있다.

인간은 극한의 상황에서 오히려 정신이 또렷해지는 경향이 있다. 궁지에 몰릴수록 정답을 선택할 확률이 올라간다는 말이다. 우리는 생각보다 안락한 환경에서 허송세월 하고 있는 것일지도 모른다. 한 번 스스로의 힘을 한계까지 발휘해 보며 생각을 정리해 보는 것은 어떨까?

작가: 대니얼 디포Daniel Defoe, 1660~1731

영국의 소설가이자 언론인. 런던에서 상인의 아들로 출생하여, 비국교도의 학교에서 교육을 받고 여러 가지 사업에 손을 댔으나 실패하였다. 이때부터 정치 논문을 쓰며 언론 활동을 하다가 60세의 나이에 『로빈슨 크루소』를 발표하여 명성을 얻었다. 언론인으로서의 그는 초반에는 독설 언론인으로 유명했고, 정권이 바뀐 후로는 정권 친화적인 언론인으로 변모하여 비판받았다고 전해진다. 남해거품사건으로 전 재산을 잃어버리고 쓸쓸히 세상을 떠났다고 한다.

4-7

#생존 투쟁 #수용소 #이것이 인간인가

『이반 데니소비치의 하루』_알렉산드르 솔제니친

무인도 다음에는 수용소이다. 인간이 인간의 존엄성을 빼앗은 사례는 역사에 많이 기록되어 있고, 아직 충분히 비판받지 않고 은폐되는 경우도 있다. 그런 잔혹한 역사를 픽션의 형태로 낱낱이 고발하는 문학이 바로 수용소 문학이다. 수용소에서는 인간의 생존이 걸려 있는, 아주 단순한 행위가 중요하게 드러난다. 수용소에 갇힌 주인공은 인간의 존재에 대해 깊이 고민할 시간이나 여유조차 없다. 단지 오늘 하루를 무사히 살아남는 것이 최대관심사인 것이다. 만일 우리가 이러한 상황에 처한다면 어떨까? 좌절될 희망이라면 갖지 않는 것이 좋다. 독자는 지혜로운 주인공의 태도에서 용기를 얻을 수 있을 것이다.

331 유일하게 죄수들을 구원할 수 있는 것은 아침에 작업장으로 천천히 걸어가는 것뿐이다. 괜히 작업장으로 빨리 가는 놈은 형기가 끝날 때까지 이 수용소에서 살아남지 못할 것이 뻔 한 일이다.

332 따끈한 국물이 목을 타고 뱃속으로 들어가자, 오장

육부가 요동을 치며 반긴다. 아, 이제야 좀 살 것 같다! 바로 이 한순간을 위해서 죄수들이 살고 있는 것이다.

333 처음에 수용소에 들어왔을 때는 아주 애타게 자유를 갈망했다. 밤마다 앞으로 남은 날짜를 세어보곤 했다. 그러나 얼마가 지난 후에는, 이젠 그것마저도 싫증이 났다.

334 오, 하느님. 오늘도 영창에 가지 않게 해 주신 것에 감사를 드립니다. 여기서라면 그런 대로 어떻게 잠들 수 있습니다.

335 아, 이 순간만은 완전히 우리의 것이다! 윗사람들이 상의를 하고 있는 동안 아무 곳이나 따뜻한 곳을 찾아 불 옆에 앉아 조금 후에 시작될 고된 노동의 시간에 대비하는 것이다.

소설 내용은 단순하다. 제목처럼 하루 동안 일어난 일을 시간 순서대로 묘사하고 있다. 평범한 농부였던 슈호프는 독소전에서 포로로 잡혔다가 간첩으로 오인 받아 강제수용소에 입소한 지 8년이 되었다. 어느 때처럼, 아침 5시 기상시간에 맞춰 일어난 그는 작업을 피하기 위해 의무실에 가지만 밖에 나가 일을 해야 했다. 식사시간이 되자, 그는 배급받은 빵을 감추고는 작업에 나갔다. 작업을 마치고 동료의 수프까지 두 그릇을 받아내는 데 성공한 그는 만족감을 느끼면서 운 좋은 하루라고 생각하고는 잠이 든다.

336 쉽게 번 돈은 오래가지 않는 법이다. 자기가 힘들여서 번 돈이라는 실감도 나지 않는 법이다. 노동 없이는 열매가 없다는 옛말이 하나 그른 데가 없다.

337 그러나 죄수들은 생각조차 자유롭지가 못하다. 그 생각이라는 것이 언제나 제자리에서 뱅뱅 돌게 마련이다. 누군가 매트 속에 감춰 둔 빵조각을 뒤지지는 않을까? 저녁에 의무실에 가서 작업 면제를 받을 방법이 있을까?

338 "무엇 때문에 당신은 자유를 원하는 거죠? 감옥에 있다는 것을 즐거워해야 해요! 그래도 이곳에선 자신의 영혼에 대해 생각할 수 있으니까요."

339 그렇지 않아도 추위에 몸이 얼었는데, 지금 나가서 10분 동안이나 맥없이 떨고 있을 만큼 우리는 바보가 아니다. 이렇게라도 해야 네놈보다 내가 단 하루라도 더 살아남을 게 아니냐!

340 이렇게 하루가, 우울하고 불쾌한 일이라고는 하나도 없는, 거의 행복하기까지 한 하루가 지나갔다.

독자들은 수용소에 갇힌 사람들이 대부분 인간 이하의 생활을 하고 있다는 것을 알 수 있지만, 주인공인 이반의 시선은 오히려 조금 비관적일지언정 담담하고 몇몇 대목에서는 유쾌하게까지 보인다. 이로 인해 독자들은 분명 그가 하루 종일 행운과 본인의 수완으로 수용소에서도 최고의 하루를 보냈다는 것을 전해 들으면서도, 동시에 너무나 안타깝다는 느낌을 받을 수 있는, 매우 세련되면서도 슬픈 묘사를 보여준다. 이러한 극한의 상황에서 살아남는 이야기는 독자들에게 여러 가지 생각을 들게 할 것이다. 우리도 매일 생존하기 위해 용기를 낸다. 그래서 이러한 이야기는 시간이 오래 흘러도 보편적으로 독자에게 선택되는 것일지도 모른다.

작가: 알렉산드르 솔제니친 Aleksandr Solzhenitsyn**, 1918~2008**

러시아의 소설가, 극작가 및 역사가. 소련 육군 대위 시절 제2차 세계대전에 참전키도 한 그는 2차 세계대전 종전 후에도 소련군 포병 장교로 근무하던 중 스탈린의 분별력을 의심하는 내용을 담은 편지를 친구에게 보냈다가 10년 동안 수용소 생활을 했다. 반소 작가라는 낙인이 찍혀 작가 동맹에서 추방되었으나 러시아 문학의 훌륭한 전통을 추구해 온 윤리적인 노력을 높이 평가받아 노벨문학상을 받았다. 그는 소련 붕괴 후 러시아로 돌아왔는데, 90세의 나이로 숨을 거두자 러시아 언론들은 솔제니친은 러시아를 대표하는 양심적인 지식인 가운데 한 사람이었으며 조국 러시아를 향한 긴 발걸음이 이제 멈추게 됐다며 애도하였다.

4-8

#혁명 #뮤지컬 원작소설 #사회비판

『레 미제라블』_빅토르 위고

인간이 늘 비극적인 상황에서 운명에 순응하며 생존에만 집중하는 것은 아니다. 지렁이도 밟으면 꿈틀거리듯, 인간의 용기는 오히려 죽음, 그리고 혁명과도 맞닿아 있다. 이렇게 살아도 저렇게 살아도 죽을 지경이 되면, 체제에 반항하게 되는 것이 사람이다. 프랑스 작가 빅토르 위고의 소설『레 미제라블』은 그런 사람들을 그려냈다. 주인공 장 발장은 빵을 훔친 죄로 19년간 감옥에 수감된 인물로 많이 알려져 있는데, 원작 소설은 그의 인생만을 보여주지 않는다. 마치 벽돌과도 같은 부피를 자랑하는 책으로 출판된 원작 소설은 장 발장의 일생을 따라가면서 온갖 인연으로 얽히는 인간들의 삶을, 절망과 희망을 보여주는 작품이다.

341 사람들이 그에게 손을 댄 것은 오직 상처를 주기 위해서였다. 사람들과의 어떠한 접촉도 그에게는 하나의 타격이었다.

342 인간의 천성이 머리끝부터 발끝까지 그렇게 완전히 변형되는가? 신에 의해 착하게 창조된 인간이 인간

에 의해 악해질 수 있을까?

343 장 발장, 나의 형제여. 이제 그대는 더 이상 악의 수중에 계시지 않고 선의 소유가 되셨소. 나는 그대로부터 당신의 영혼을 샀소. 내가 그것을 흉악한 사념과 멸망의 정령에게서 회수하여 신에게 드리겠소.

344 그는 자기의 생애를 응시하였다. 소름이 끼쳤다. 자기의 영혼을 응시하였다. 끔찍하여 차마 눈뜨고 볼 수 없었다. 하지만 온화한 빛 한 줄기가 그러한 생애와 영혼 위에 드리워져 있었다.

345 그는 사람들이 못된 짓을 저지르며 자신들을 감추듯, 많은 선행을 하면서 자신을 감추었다.

『레 미제라블』은 1830년대를 전후로 한 소설로, 가족을 먹여 살리기 위해 낙인이 찍힌 탈옥수(장 발장)와 학대당한 아이(코제트), 사회 밑바닥으로 몰락한 여성 직공(팡틴), 정치 성향으로 가족과 의절한 청년(마리우스), 사기를 치며 살아가는 가족(떼나르디에 부부), 세상을 바꾸려는 젊은이들과 엄벌주의에 집착하지만 사회에 굴복한 경찰(자베르) 등 프랑스의 많은 '불쌍한 사람들'의 이야기를 함께 다루고 있다. 장 발장과 코제트, 그리고 가난하고 고통 받는 사람들이 일으키는 혁명과 사회의 모습을 한 번에 조망하기 위한 의도로 작성된 소설이기에 매우 긴 연대기의 형태가 되었고, 프랑스의 비평가인 랑송은 이 작품을 일컬으며 "이 소설은 하나의 세계요, 하나의 혼돈이다."라고 말한 바 있다.

346 그는 친절하지만 동시에 구슬퍼 보였다. 사람들이 이렇게 말하곤 하였다. "부유한 사람인데 전혀 거만한 기색이 없어. 행복한 사람인데 만족스러워하는 기색이 없어. 이상해. 하나의 혼돈이 그의 안에 자리 잡은 것 같아."

347 청렴함, 성실함, 솔직함, 신념, 의무감 등이 오해를 할 경우에는 흉측스러워질 수가 있다. 그러나 흉측해지더라도 그것들은 여전히 위대하다.

348 과거가 이제 그만 죽는 것에 동의한다면, 경우에 따라 과거의 일부를 존중할 수도 있고, 언제나 그것을 용서할 수도 있다. 그러나 만약 여전히 살아남기를 고집한다면, 그것을 공격할 것이며, 나아가 죽이려 할 것이다.

349 국가나 인생 혹은 운명에서 비롯된 모든 현상들에 대하여 무조건 은밀한 적의를 품고 있는 사람은, 그가 누구이든 폭동과 인접해 있으며, 따라서 폭동이 나타나기가 무섭게 몸을 부르르 떨기 시작하고, 자신이 그 회오리에 의해 들어 올려짐을 느낀다.

350 죽는 건 아무 것도 아니야. 진정으로 무서운 건 제대로 살지 못한 것이지. 죽는 걸 두려워하는 것보단 제대로 살지 못하고 죽는 것을 두려워 해야 해.

또한 이 작품은 프랑스에서는 성경 다음으로 많이 읽히는 책이라고 불릴 만큼의 지위를 지닌 소설인데, 길이 때문에 축약본의 형태로 접하는 경우가 많다고 한다. 후반부의 전개로 인해 국내에선 프랑스 대혁명을 다룬 작품이라고 오해하는 사람들이 많은 듯하지만, 이 작품은 프랑스 대혁명이 아니라 1832년 6월 봉기가 역사적 배경이다. 이는 실패로 끝난 봉기인데, 본국인 프랑스에서도 이 사실에 대해 제대로 아는 사람이 적었다는 비화가 있다.

비참한 삶에서 벗어나 자유를 외치는 민중의 노래는 우리가 어떤 시대를 살아가더라도 절절히 와 닿을 것이다. 인간은 때로 불가능할 것을 알면서도 도전하는 동물이다. 그렇기 때문에 가치 있는 문명이 탄생할 수 있었던 게 아닐까?

작가: 빅토르 위고 Victor Marie-Hugo, 1802~1885

"여자는 약하다. 그러나 어머니는 강하다."라는 명언을 남긴 그는 프랑스를 대표하는 최고의 작가 중 한 명이다. 잘 알려진 대표작으로는 『레 미제라블』, 『노트르담 드 파리』, 『웃는 남자』이다. 놀랍게도, 이러한 문학 활동으로 프랑스 왕실로부터 작가로서의 공로를 인정받아 프랑스 최고의 영예인 레지옹 도뇌르 훈장을 받았는데, 당시 그의 나이는 23세였다. 위고는 『레 미제라블』을 집필할 당시에 워낙 잦은 외출로 마감을 지키지 않은 탓에 스스로 외출을 자제하기 위해 하인을 시켜 모든 옷을 빼앗게 한 뒤 벌거벗은 채, 원고가 완성될 때까지 자기 방에 갇혀서 소설을 썼다고 한다.

제5장

문학으로 힐링하기

_마음을 위로하는 문학작품 속 한 문장

진흙탕을 지나면서 진흙을 묻히지 않을 수는 없습니다. 같은 맥락으로, 부정적인 요소로 오염된 세상을 살면서 늘 긍정적인 마음을 유지할 수는 없는 법입니다. 내가 긍정적인 에너지로 충만하다면 가까운 사람들에게도 그 에너지를 전파할 수 있습니다. 하지만 그 에너지는 무한하지 않습니다.

부정적인 요소에 물들면서도 감소하고 다른 사람들에게 전파되면서도 감소합니다. 그럴 때 우리는 항상 다른 사람이 자신보다 더 행복하다고 생각하게 됩니다. 하지만 어떤 문학작품은 당신의 고민이 절대 혼자만의 것이 아니라는 것을 알려주기도 합니다. 문학을 통해 긍정 에너지를 다시 채우는 재충전의 시간을 가져보면 어떨까요?

5-1

#삶의 고뇌 #인생은 무엇인가 #생각하는 사람

『말테의 수기』_라이너 마리아 릴케

인터넷 사용이 보편화된 세상에서 살아가는 현대인은 클릭 한 번이면 전 세계의 지식을 빠르게 소유할 수 있다. 하지만 단편적인 지식은 지혜로 발전하지 못하고 오히려 혼란만 가져올 수 있다. 진정한 지혜란 스스로의 고민 끝에 태어나는 법이다. "인생은 무엇인가?"라는 질문이 무시당하는 사회일수록 사람들의 교양 수준은 낮아질 것이다. 우리는 스스로에게 끊임없이 질문을 던지며 고민해야 한다. 아름다운 시를 썼다고 알려진 라이너 마리아 릴케의 작품『말테의 수기』는 덴마크의 젊은 시인 말테가 파리에서 죽음과 불안에 떠는 영락한 생활을 영위하면서 쓴 수기 형태의 소설이다.

351 사람들은 살기 위해서 여기로 몰려드는데, 나는 오히려 사람들이 여기서 죽을 것 같다는 생각이 든다. 마음이 텅 비어 있는데, 어딘가로 간다는 게 무슨 의미가 있겠는가. 나는 한 장의 빈 종이 같은 기분으로 건물들을 죽 따라 다시 대로를 걸어 올라갔다.

352 어쩌면 사람은 그 모든 추억에 다다르기 위해서 나

이를 먹지 않으면 안 될지도 모른다. 나는 늙는 게 좋다고 생각한다.

353 사람이 젊어서 시를 쓰게 되면, 훌륭한 시를 쓸 수 없다. 시를 쓰기 위해서는 때가 오기까지 기다려야 하고 한평생, 되도록 오랫동안, 의미와 감미를 모아야 한다.

354 지금은 조용해졌다. 통증이 멎을 때처럼 조용해졌다. 특이하게도 상처가 나을 때처럼 콕콕 쑤시는 듯한 정적이었다.

355 말테야, 너는 소원을 비는 것을 잊지 마라. 소원을 비는 것을 포기해서는 안 돼. 이루어지는 것은 없더라도 소원을 품고 있어야 해. 평생 동안 소원을 계속 품다 보니, 그것이 이루어지길 기대할 수 없는 그런 소원도 있어.

이 소설에는 통일된 줄거리가 없다. 하지만 전체적으로 하나의 통일된 견해를 찾아낼 수 있는데, 그것은 인간이란 무엇인가, 인생이란 무엇인가에 대한 물음이다. 사람들은 이런 예술적이고 철학적인 고민이 교과서에 등장하면 높게 평가하지만, 막상 주변에서 실재하는 사람이 그런 추상적인 고민을 하면 비웃거나 안쓰러워한다. 감정이 뒤엉켜 답답한 가슴을 가진 사람은 이런 아이러니함을 되돌아볼 필요가 있을 것이다. 왜냐하면 그런 사람은 자신의 속에 어떤 고민이 자리 잡고 있는지 들여다보지 못했기 때문이다.

356 세상 사람들은 누구나 아는 사이로 지내려 하고, 서로 친숙한 가운데 아주 조심하면서 잘 지내려고 애쓰고 있었다. 거기에 무언가가 기대되고, 그 기대된 것이 이루어지거나 이루어지지 않거나 하지 제3의 경우는 없었다.

357 이 젊은 처녀들은 벌써 확신하고 있다. 사람들은 향락을 찾고 또 다른 향락을, 자꾸만 더 강렬한 향락을 찾는다는 것을. 인생이란, 그것을 멍청하게 잃어버리지 않으려는 데에 그 본질이 있다는 것을.

358 사실 재능이라는 것은 노력한 다음에만 필요한 것이다. 즉 어른들이 소중하게 여기고 친절히 선물을 갖다주었는데, 실은 다른 아이에게 맞는 완전히 엉뚱한 선물을 가져다주었음을 훨씬 전부터 알아차렸을 때에 필요하다.

359 이제 더 바꿀 수 없는 일이라면 그 사실을 후회하거나 또는 비난하지만 말고 단순하게 규정지어 버리는 것이 좋을 것이다.

360 그는 멋진 말을 듣고 흥분을 해서 그 말로써 시를 지으려는 사람 같았다. 그 말을 배우기가 얼마나 어려

운지 알고 놀라는 일이 그를 기다리고 있었다.

인간성을 상실한 시대에 순수한 영혼을 갖고 문학을 향해 정진한 청년의 고뇌를 읽다보면, 독자는 어느새 자신의 마음속에도 이러한 원론적 고민이 있었다는 사실을 알게 된다. 신기하게도 이런 고민은 불안감을 줄여주고 삶의 막막함을 달래준다. 왜냐하면 고민이라는 말로 정의하기 전에 이미 불안의 형태로 존재하고 있었기 때문이다. 우리는 그 불안감을 하나의 문장으로 축약하여 삶을 가로막는 장애물이 아닌, 함께 살아가는 동료로 만들 수 있다. 그러한 여지를 주는 문장이 바로 이러한 수기 형태의 소설에 많이 실려 있다.

작가: 라이너 마리아 릴케 Rainer Maria Rilke**, 1875~1926**

독일 언어권의 문학가 중에서 으뜸으로 평가받는 시인 중 한 명이다. 시인 김춘수와 윤동주가 릴케의 영향을 받았다고 하며, 윤동주의 시 「별 헤는 밤」에도 릴케의 이름이 등장한다. 한국 서정시에서 릴케의 비중은 상당히 크다. 장미 가시에 찔려 파상풍으로 사망했다고 알려져 있으나, 사실 백혈병에 걸렸을 때 장미 가시에 찔렸던 것이라고 전해진다. 릴케의 묘비에 새겨진 유언은 다음과 같다. "장미여, 오 순수한 모순이여, 기쁨이여. 그 많은 눈꺼풀 아래에서 그 누구의 잠도 아닌 잠이여."

5-2

#고독한 작가 #불안한 세계 #n포 세대

『불안의 책』_페르난두 페소아

인간은 예측 능력을 가졌기 때문에 미래를 알고 싶어 한다. 사회가 불안하거나 개인적으로 어려움에 빠질수록 거리에는 운세를 점치는 사주, 별자리, 타로 등을 업으로 삼는 사람들과 사이비 종교인들이 넘쳐난다. 하지만 그 누구도 미래를 정확히 예측할 수 없기 때문에, 사람들은 불안에 시달리곤 한다. 그러한 '불안'이라는 감정을 키워드로 써내려간 페르난두 페소아의 『불안의 책』은 주인공의 독백과 단상 위주로 흘러가는 소설로, 수많은 작가와 독자들에게 인간의 고뇌를 보여주면서 20세기 현대문학에서 중요한 위치로 자리매김하였다.

361 나는 대부분의 젊은이들이, 그들의 앞 세대가 이유를 알지 못한 채 신을 믿었듯이, 이유를 알지 못한 채 신에 대한 믿음을 잃어버린 시대에 태어났다.

362 모든 작품은 필연적으로 불완전하며, 우리가 쓰는 글은 가장 불확실한 미학적 관조의 결과임을 잘 알고 있다. 그러나 모든 것이 불완전하니, 더 이상 아

름다울 수 없는 석양이나 더 이상 고요한 졸음을 가져다 줄 수 없는 산들바람은 존재하지 않는다.

363 인생은 깊이를 알 수 없는 심연으로 가는 마차를 기다리며 머물러야 하는 여인숙이라고 생각한다. 나를 어디로 데려갈지는 알 수 없다. 나는 아무것도 모르니까.

364 우리에게 일어난 일은 우리에게만 일어나는가, 아니면 모두에게 일어나는가. 다른 모든 이들에게도 일어나는 일이라면 전혀 새로울 게 없고, 오직 우리에게만 일어나는 일이라면 다른 이들이 이해하지 못할 텐데.

365 숲속 높은 곳에 자리 잡은 왕궁은 거기에 갇혀 그곳이 얼마나 아름다운지를 잊어버린 자보다 골짜기에서 바라보는 사람에게 더 아름다운 법이다.

작가는 어떤 직업일까? 단순히 재미있는 글을 쓴다고 해서 훌륭한 문학작품을 남긴 문호가 되는 것은 아니라고 사람들은 말한다. 작가는 남들보다 더 느끼고, 더 고민하는 사람이다. 그렇기 때문에 이렇게 피곤할 정도로 예민한 사람의 생각을 적은 작품은 호불호가 가려지기도 한다. 사람에 따라 그런 것들을 소위 '쓸데없는 고민'이라고 평가절하하기 때문이다. 하지만 그러한 고민이 있어서 인간은 다른 동물과 차이를 가진다. 오로지 생존과 자본을 생각하면서 살면, 지성과 교양이라는 것은 어떤 가치를 지닐 것인가?

366 비록 신이 없다지만 묻고 싶다. 신은 어디에 있는가? 나는 기도하고 싶고 울고 싶고, 내가 저지르지 않은 죄에 대해 후회하고 싶고, 모성과는 다른 위로에 몸을 맡겨 용서받고 싶다.

367 산다는 것은 달라진다는 것이다. 어제 느낀 것을 오늘도 느낄 수는 없다. 어제 느낀 것을 오늘도 느낀다면, 그건 어제를 기억하는 것이지 느끼는 게 아니다.

368 나는 항상 현재에 산다. 미래는 알지 못한다. 과거는 이미 지나갔다. 미래는 모든 것의 가능성이라서 부담스럽고, 과거는 존재하지 않는 현실이라 부담스럽다.

369 동물은 과거를 회상하거나 미래를 생각하는 일 없이 태어나고, 자라고, 살고, 죽는다. 얼마나 많은 사람들이 동물과 다르게 살고 있을까?

370 어제의 경솔했던 사건들이 오늘은 내 삶을 물어뜯는 그리움이 된다.

지적인 대화란 그저 생존에 필요한 지식을 주고받는 대화가 아니다. 이러한 추상적인 고민에 관한 나름의 철학적 논리를 세워나가며 자신만의 세계관, 가치관을 만들어가는 과정이다. 현대인들은 그러한 과정에 필요한 교양을 쌓을 여유를 충분히 가질 수 있음에도 쉬는 시간에 독서는커녕 TV나 유튜브 방송을 보며 머리를 비운다. 당장은 그렇게 머리를 식히는 것이 생산적이라고 생각하겠지만, 막상 은퇴하거나 노동이 아닌 다른 것으로 본인의 가치를 스스로 보여주는 시기가 다가온다면 어떻게 생활하게 될까? 그래서 우리는 지속적인 독서를 하고, 남의(작가의) 고민을 내 고민처럼 생각하는 것이다.

작가: 페르난두 페소아 Fernando Pessoa, **1888~1935**

포르투갈의 시인이자 소설가. 생전에는 크게 인정받지 못했으나 현대에는 모더니즘의 선구자로 평가받는다. 그는 독특하게도 자신의 실명뿐만 아니라 대략 75개의 다른 이름으로 많은 글을 썼다. 이를 "필명"이 아닌 "이명"이라 불렀는데, 이는 그가 개인의 진정한 지성을 파악하지 못했다고 생각했기 때문이다. 사상적인 측면에서는 공산주의, 사회주의, 파시즘을 비판했으며, 1930년대에 살라자르의 독재를 비판하기도 했다.

5-3
#가난#성찰#그럼에도 불구하고, 희망
『대성당』_레이먼드 카버

평온한 나날을 보내는 사람은 그것이 얼마나 행복한 일이며, 어떤 이에게는 꿈꾸는 자리라는 것을 모르고 사는 경우가 많다. 그런 경우 자신에게 도움이 되었던 충고를 남에게 해 줄 수 있는데, 문제는 사람이 겉보기엔 비슷하게 살아도 천차만별의 사정을 갖고 있다는 것이다. 비슷한 집에서 비슷한 밥을 먹는 것처럼 보여도, 그 집의 소유권이나 보험과 적금을 준비한 사람과 아닌 사람은 경제력 차이가 많이 나는 것과 비슷하다. 레이먼드 카버는 자신이 가난하여 겪었던 일들을 단편집 『대성당』으로 엮어냈다. 온갖 인간군상의 어두운 면을 그리는 작품들에는 이상하게도 인간에 대한 희망과 생명력이 동시에 엿보인다.

371 정말 못생긴 아기였다. 하지만 그러거나 말거나, 버드와 올라에게는 그렇게 중요한 문제는 아니었을 것이다. 설령 그렇다 치더라도, 아마 그들은 못생겼다고 해도 어쨌든 괜찮아, 라고 생각했을 것이다. 우리 아기니까.

372 그가 눈을 떴다. 하지만 나를 바라보지는 않았다. 그는 그대로 가만히 앉아서 창문을 바라봤다. 뚱땡이 린다, 라고 그가 말했다. 그러나 그 말이 그녀를 뜻하는 게 아니라는 걸 나는 알고 있었다. 그녀는 무의미했다. 그저 이름일 뿐.

373 한순간, 마이어스는 그 풍경이 자신에게서 멀어진다는 인상을 받았다. 그는 어딘가로 가고 있었고 그걸 알았다. 그리고 그게 잘못된 방향이라면, 조만간 그는 알게 되리라.

374 그들은 아무 말도 하지 않았다. 그럼에도 이제 그들은 서로의 가슴속까지도 느끼는 듯 했다. 마치 걱정을 많이 하다 보니 아주 자연스럽게 온몸이 투명해진 사람들처럼.

375 그는 반드시 필요한 일을 했다. 그는 빵집 주인이었다. 그는 자신이 꽃장수가 아니라 좋았다. 사람들이 먹을 것을 만드는 게 더 좋았다. 언제라도 빵냄새는 꽃향기보다 더 좋았다.

미국의 평범한 소시민인 주인공들은 서로 단절된 채 소통하지 못하거나, 자신이 하는 일이 잘 풀리지 않아 전전긍긍하거나, 직장을 잃거나 알코올에 취해 무기력한 나날을 보내고 있다. 여느 때와 다름없는 일상을 보내고 있는 듯하지만, 사실 무엇인가 어긋난 채 삶의 방향 감각이 상실된 상태다. 카버는 간결한 문장과 일상적인 대화로 이들의 삶을 스케치하듯 보여준다. 그는 일상의 풍경의 이면에 도사리고 있는 상처를 파고든다.

376 나는 잠시 두 눈을 감고 열심히 생각했다. 소원이란 그날 저녁을 절대 잊지 않겠다는 것, 혹은 다시 말해 그날 저녁을 놓아버리지 않겠다는 것이다. 그 소원은 실제로 이뤄졌다.

377 하지만 그 인생은 이제 지나가고 있었다. 그 지나침은—비록 그럴 수는 없을 것 같아서 그는 맞서 싸우기까지 했지만—이제 그의 일부가 됐다. 그가 거쳐온 지난 인생의 모든 것들과 마찬가지로.

378 "이렇게 말할 거예요. '꿈이란 말이죠. 깨라고 있는 거잖아요.' 그렇게 말할 거예요."

379 말에 탄 사람이 그 고삐를 이리저리 잡아당기면 말은 방향을 바꾼다. 간단하다. 재갈은 무겁고 차갑다. 이빨 사이에 이런 걸 차게 된다면 금방 많은 것을 알게 되리라. 재갈이 당겨지는 느낌이 들 때가 바로 그때라는 걸. 지금 어딘가로 가고 있는 중이라는 걸.

380 그래서 우리는 계속했다. 내 손이 종이 위를 움직이는 동안 그의 손가락들이 내 손가락들을 타고 있었

다. 살아오는 동안, 내 인생에 그런 일은 단 한 번도 없었다.

작가의 이러한 태도는 인간의 행복이 찰나의 신기루일 뿐이라고 말한다. 인간은 희망을 품는 순간마다 삶에게 배신당한다. 그는 이것이 삶의 진짜 모습이라고 담담하게 이야기하면서도, 가장 좌절하는 순간에 새 희망이 찾아올 수 있음을 보여준다. 그리고 그 희망은 삶으로 하여금 앞으로 나아가게 만든다는 것 또한 그의 소설에서 잘 드러나는 메시지이다. 때로는 "잘 될 거야!"와 같이 막연하게 긍정적이고 낙관적인 말보다는 "잘 안 되면 어때!" 같은 말이 더 힘이 될 때가 있는 것처럼, 그의 소설은 현대인에게 필요한 위로를 해 준다.

작가: 레이먼드 카버 Ramond Clevie Carver**, 1938~1988**

카버는 삶의 2/3를 궁핍하게 보내며 목공, 병원 수위, 교과서 편집자, 도서관 사서 등을 전전하며 생계를 이어갔다. 열아홉 살에 결혼하여, 실직과 알코올중독까지 경험하며 매우 힘겨운 삶을 보냈다. 그는 자신이 속한 미국 노동자 계층의 모습을 생생히 묘사했는데, 이전의 미국 문학계는 헤밍웨이와 피츠제럴드처럼 상류층 인생을 묘사한 작품이 주류였다. 그의 등장 이후 미국 문학은 하층민, 블루칼라 계급의 삶에 큰 관심을 가지게 되었다.

5-4

#글쓰기와 돈 #사회권력 #불평등

『자기만의 방』_버지니아 울프

'혐오 사회'라는 단어를 들어본 적 있을 것이다. 우리는 많은 불평등과 소수자 혐오를 당연한 것처럼 생각하고 있다. 여성이 참정권을 갖게 된 것도, 작가로 인정받은 것도 오래된 일은 아니었다. 사람들은 여성과 남성을 평등하게 대하자는 말에는 동의하는 태도를 보이면서도 막상 여성이 높은 직급에 오르는 것을 불편해한다. 『올란도』, 『댈러웨이 부인』을 남긴 여성 작가 버지니아 울프의 수필집 『자기만의 방』은 그러한 불평등을 겪는 여성이 독립적으로 글을 쓰며 살아가는 삶을 풀어놓은 이야기로, 문학이나 철학에 관심이 있고 글을 쓰는 여성이라면 감동과 위로를 얻을 수 있는 작품이다.

381 그러나 우리가 듣고자 한 것은 여성과 소설에 관한 이야기인데, 자기만의 방이 그 주제와 무슨 관련이 있느냐고 여러분은 묻겠지요.

382 내가 할 수 있는 일이라고는 한 가지 견해를 여러분께 전해 주는 것뿐입니다. 여성이 소설을 쓸 수 있으려면 돈과 자기만의 방이 있어야 한다는 것이지요.

383 여기서 '나'는 편의상 표현일 뿐 실존인물은 아닙니다. 내 입에서 거짓말이 흘러나오겠지만, 적어도 약간의 진실은 섞여 있겠지요. 이 진실을 찾아내고 그중 간직할 가치가 있는 내용을 판단하는 건 여러분 몫입니다.

384 이 책들은 진실의 하얀 빛이 아니라 감정이라는 빨간 빛으로 쓰였으니까요.

385 자신감이 없다면 우리는 요람에 누운 아기와 다를 바 없습니다. 그렇다면 이 가늠하기 어려우면서도 참으로 귀중한 자질을 어떻게 하면 가장 빠르게 만들어낼 수 있을까요? 다른 사람이 나보다 열등하다고 생각하면 됩니다.

남자만 글을 쓰고, 남자만 문학에서 용기와 위로를 얻는 것은 아니다. 이 문장에 동의하지 않는 독자는 없을 것이다. 하지만 여자가 사람으로서 문학작품에 등장하고, 창작자로서 인정받고 활동할 수 있었던 건 최근의 일이다. 그것은 세계적으로 공통된 현상이었다. 버지니아 울프의 강단 있는 문장과 사유를 따라가면, 여성 창작자가 겪는 거대하고 견고한 불평등, 부조리한 사회에 대한 반항심과 내재된 혐오에 의한 자기 의심을 돌아보며 공감할 수 있다.

386 자기 자신에 대한 언급에 지나치게 신경을 쓰는 것

이 예술가의 본성이라는 점은 부정할 수 없지만 무척 다행스런 사실이기도 하지요. 문학은 타인의 견해를 비이성적이라 할 만큼 신경 쓴 사람들이 부서져 남은 잔해와 함께 흩뿌려져 있습니다.

387 삶은 삶이 아닌 어떤 것과 충돌합니다. 그래서 소설에 관해 어떤 합의에 이르기가 어렵고 개인이 지닌 편견은 지대한 영향을 미치는 것입니다.

388 작가가 자신의 경험을 온전하고 충실하게 전달하고 있다는 인상을 주려면, 온 마음이 활짝 열려 있어야 합니다. 자유가 있어야 하고, 평화가 있어야 합니다. 바퀴 한 개도 불빛 하나도 삐걱거리거나 깜박거려서는 안 됩니다.

389 따라서 여러분은 사소한 주제든 거창한 주제든 주저하지 말고 모든 종류의 책을 쓰라고 부탁하고 싶습니다. 무슨 수를 쓰든 여러분 자신의 힘으로 여행하며, 한가로운 시간을 갖고, 세계의 미래나 과거를 사색하고, 책을 상상하며 길모퉁이를 배회하고, 생각의 낚싯줄을 강 속에 깊이 드리울 만큼 충분한 돈을 갖기를 바랍니다.

390 나는 다른 무엇이 아닌 자기 자신이 되는 것, 그게 가장 중요한 일이라고 간단하게 그리고 평범하게 중얼거릴 뿐입니다.

버지니아 울프는 묻는다. "왜 언제나 남성들만이 공적인 권력과 부와 명성을 가지는가. 여성은 아이들 말고는 가진 것이 없는데 말이다."라고 질문을 던진다. 그리고 만약 자유의 문을 열 수 있는 두 가지 열쇠만 찾을 수 있다면, 미래에는 여성 셰익스피어가 나올 수 있으리라고 주장한다. 그 두 개의 열쇠는 바로 고정적인 소득과 '자기만의 방'이다. '자기만의 방'이야말로 어디서든 아웃사이더로 살아가는 그 당시 여성의 지위를 보여주는 말이라고 할 수 있다. 이는 그 당시의 여성으로 한정되지 않는다. 성평등은 사회에 남겨진 오랜 숙제이자 모두를 위한 해답이다. 또한 그의 문장은 여성뿐만 아니라 글쓰기를 좋아하는 창작자에게도 힘을 실어준다.

작가: 버지니아 울프 Adeline Virginia Woolf**, 1882~1941**

위대한 소설가이자 비평가로, 문학사에서 페미니즘과 모더니즘의 선구자로 평가받는 **20**세기 주요 작가이다. 그녀는 글을 쓰는 여성으로서 겪게 되는 신경증에 시달리다 코트 주머니에 돌을 넣고 강에 투신하는 방식으로 삶을 마쳤다. 다음은 그녀가 남편에게 남겼던 편지의 일부이다. "(…) 누군가 나를 구할 수 있었다면, 그것은 당신이었을 겁니다. 당신의 호의에 대한 확신 이외의 다른 모든 것이 나를 떠났습니다. 나는 당신의 인생을 더 이상 망치고 싶지 않습니다. 나는 어떤 두 사람도 우리들보다 더 행복할 수 있으리라고 상상할 수도 없습니다."

5-5

#전지적 고양이 시점 #인간은 왜 저런담 #능청스러운

『나는 고양이로소이다』_나쓰메 소세키

무거운 작품에서만 삶의 위안을 얻을 수 있는 것은 아니다. 모든 문학작품이 파멸로 이르는 비극인 것이 아닌 것처럼 말이다. 긍정적인 에너지를 얻으려면 부정적인 에너지를 덜어내는 것도 좋지만, 말 그대로 긍정적인 에너지를 얻는 것 또한 중요하다. 나쓰메 소세키의 『나는 고양이로소이다』는 어딘가에서 태어났는지 모르는 어느 새끼 고양이가 영어 교사인 쿠샤미의 집에 들어가 빌붙은 후, 자신이 고양이로서 겪는 일과 쿠샤미 선생의 생활, 그리고 그의 친구들과 주변 인물들에 대해 이야기하는 소설이다. 누군가가 죽거나, 다치지 않는 이 소설에서 그의 문장은 고양이의 나른한 일상을 아름답고 따뜻한 봄 햇살처럼 묘사한다.

391 그는 새까만 고양이였다. 정오를 지난 태양이 그의 피부 위로 투명한 빛을 비추었다. 반짝반짝 빛나는 부드러운 털 사이로 마치 불꽃이라도 타오르는 듯했다.

392 그때 제 마음속에는 이 어두운 밤 속으로 빨려 들어가 그 목소리의 주인공이 있는 곳으로 가고 싶다는 생각이 솟아오르고 있었습니다.

393 내가 옳지만 권력은 저쪽에 있을 때, 권력에 굴복하든지 혹은 권력의 눈치를 보며 사리사욕을 채우든지 하나를 고르라면 나는 후자를 고를 것이다.

394 세상에 심심한 것만큼 참기 어려운 것은 없다. 뭔가 활기를 자극하는 사건이 없으면 살아 있는 것이 괴롭다.

395 머릿속에서 아무리 자기가 강하다고 굳게 믿고 있어도, 실제로 드러내지 않으면 즐겁지 않은 법이다.

이 고양이는 실제로 소세키의 집에 드나들었던 검은색 고양이를 모델로 만들어진 존재라고 하는데, 우아한 어투로 인간의 삶에 대해 서술하는 것이 발랄하면서도 날카롭다. 마치 솜방망이 같은 발에 숨겨진 날카로운 발톱처럼, 인간에게는 '당연한 것'이 고양이에게는 그렇지 않다는 점을 이용하여 전개되는 재미있는 작품이다.

396 어쨌거나 세상은 요지경속이라 그런 옷이라도 입고 다니다 보면 어느덧 양복이 몸에 맞게 된다네.

397 무슨 말씀입니까? 아무리 훌륭한 고승도 기왓장을

갈아 거울을 만들 수는 없습니다.

398 만약 내가 하늘과 땅을 다스린다면, 한입에 물을 다 삼켜 버릴 것이다. 하지만 만약 하늘과 땅이 나를 다스린다면, 나는 바로 길바닥의 티끌이 될 것이다.

399 정직함조차 바닥이 나 버린 세상에서 그 이상을 기대하는 건, 소설 속에서 주인공들이 현실 세상으로 빠져나오고, 전설 속의 인물이 우리 동네로 이사 오는 일과 같다.

400 태평해 보이는 사람들도 마음속을 두드려 보면 어딘가 모르게 모두 슬픈 소리가 난다. 서로의 마음에 귀 기울여 제대로 두드릴 수 있다면 좋은 관계가 아닐까.

20세기 초의 근대적 인물과 불안한 내면 풍경을 깊은 통찰력으로 꿰뚫어 보면서도 그것을 유머러스하고 다소 능청스러운 톤으로 이야기해 주는 나쓰메 소세키의 작품을 읽다보면 심란하던 마음이 한결 가벼워진다. 그는 동양만의 감수성으로 서구 근대의 기계문명과 자본주의를 비판적으로 바라보고자 했다. 『나는 고양이로소이다』는 고양이의 발걸음처럼 사뿐사뿐 경쾌한 템포와 빠르고 리듬감이 있는 문체로 자연스레 소설 속으로 빠져들게 한다.

작가: 나쓰메 소세키なつめ そうせき, 1867~1916

"I love you."를 "달이 아름답네요."로 번역한 일화로 많이 알려져 있는 나쓰메 소세키는 일본의 셰익스피어라고 칭송될 정도로 일본 내에서 명성을 얻은 작가이다. 일본에서 글을 좀 써본 문학평론가라면 누구나 한 번쯤은 소세키론을 썼다고 할 수 있을 만큼 현대 일문학의 기초를 닦았다고 할 수 있는 작가이다. 언문일치를 주장한 후타바테이 시메이와 함께 현대 일본 순수 문학의 초석인 사소설이라는 체계를 최초로 대중들에게 선보인 바 있다.

5-6

#환상동화 #동심의 세계로 #묘한 변화들

『이상한 나라의 앨리스』_루이스 캐럴

우리는 매번 쓸모 있는 상상만 하고 사는 사람이 아니다. 어렸을 적 공상에 빠져서 즐거움을 얻었던 시절은 누구에게나 있었을 것이다. 그리고 그런 수수께끼와 몽환적이고 신비한 체험에 대한 동경은 마음 속 깊은 곳 한 구석에 남아 있다. 그런 호기심을 다시 일깨워주는 것이 새로운 예술 작품이다. 루이스 캐럴의 『이상한 나라의 앨리스』는 아이나 어른 할 것 없이 사랑받는 동화이다. 어렸을 때 읽었던 이 작품을 성인이 되어 다시 읽으면 매우 새롭다. 어른인 작가가 숨겨놓은 듯한 언어유희를 찾는 재미에 빠지게 되고, 어떨 때는 말도 안 되는 이야기라며 가볍게 웃을 수도 있다. 무엇보다 앨리스라는 순진한 소녀의 서투른 사회생활을 읽고 있노라면 귀여우면서도 안쓰럽기도 하다.

401 "그만, 그렇게 울어도 아무 소용없어! 당장 뚝 그치란 말이야." 앨리스는 평소 자신에게 충고를 잘하는 편이었다.

402 아, 불쌍한 내 작은 발들아! 누가 너희들에게 양말

과 신발을 신겨 주겠니? 난 이제 해 줄 수가 없을 텐데! 너희들이 너무 멀리 떨어져 있으니 말이야. 이제는 너희들 스스로 할 수 있는 한 최선을 다해야 해.

403 하룻밤 사이에 내가 변한 걸까? 잘 생각해 보자. 오늘 아침 잠에서 깨어났을 때 어제의 나와 똑같았던 걸까? 그래, 기분이 조금 이상했던 것도 같아. 하지만 내가 정말 변한 거라면 '지금의 나는 도대체 누구란 말이지?'

404 저도 이제 잘 모르겠어요. 오늘 아침 잠에서 깨었을 때는 분명히 내가 누구인지 알았어요. 그런데 아침부터 지금까지 여러 번 바뀐 것 같아요.

405 "모두가 남의 일에 상관하지 않고 자기 일에만 신경을 쓴다면 세상은 지금보다 훨씬 더 빨리 돌아갈 텐데." 공작 부인이 거친 목소리로 투덜거렸다. "빨리 돌아간다고 해서 그다지 좋을 건 없을걸요."

심심하고 따분한 날을 보내던 앨리스는 어느 날 흰 토끼를 쫓아가다 토끼굴을 통해 이상한 나라로 떨어진다. 그곳에서 앨리스는 기묘하고 놀라운 일들을 체험하는데, 거인처럼 키가 커지거나 작아지거나 담배 피우는 애벌레, 체셔 고양이 등 희한한 동물들과 만나 이야기를 나눈다. 아이들이 실제로 할 법한 엉뚱한 생각과 습관들, 동음이의어와 유사발음을 응용한 말장난 가득한 이야기는 현실 세계의 앨리스와 독자들을 미소 짓게 만든다.

406 "만일 사람이었다면 아주 못생긴 아이로 자랐을 거야. 하지만 돼지치고는 꽤나 잘생긴 편이야." 그러고는 자기가 알고 있는 친구들 중에 돼지와 닮은 친구들을 떠올리며 말했다. "그 친구들을 돼지로 바꿀 방법을 알면 좋을 텐데……."

407 네가 만약 시간이랑 잘 지낸다면 시간은 네가 원하는 대로 시계를 맞춰 줄 거야. 예를 들어 수업이 시작되는 아침 9시에 네가 시간한테 살짝 귀띔해 주면 시계는 네가 좋아하는 대로 다해 줄 거야. 시계 바늘을 눈 깜짝할 사이에 돌려놓을 거야!

408 다들 어찌나 싸우는지 누가 무슨 말을 하는지 알아들을 수 없어. 특별한 규칙도 없는 것 같고 설사 있다 하더라도 아무도 규칙을 지키려 하지 않을 거야.

409 "저 애의 목을 쳐라!" 화가 난 여왕이 목청 높여 소리를 질렀다, 그러나 아무도 움직이지 않았다. 앨리스가 말했다. "당신 말에 누가 신경이나 쓰겠어요? 겨우 종이 카드인 주제에!"

410 언니는 눈을 감고 앉아서 자신이 이상한 나라에 와 있는 게 아닌가 생각했다. 그러나 그녀는 눈만 뜨면

모든 것이 지루한 현실로 돌아간다는 것을 알고 있었다.

때로는 동심으로 돌아가는 것이 힐링이 될 때가 있다. 특히 고된 인간관계에 지치고, 어른으로서 책임져야 하는 일에 시달릴 때면 모든 것을 내려놓고 떠나고 싶은 마음이 든다. 그럴 때 가볍고 엉뚱한 환상 소설 속으로 빠져들면 어떨까? 책장만 덮으면 현실로 돌아오겠지만, 우리의 마음은 이미 한 번 '이상한 나라'를 체험한 사람이 되는 것이다.

작가: 루이스 캐럴 Lewis Carroll, 1832~1898

영국 빅토리아 여왕 시대의 수학자이자 소설가, 사진가. 대표작으로는 1865년 출판된 『이상한 나라의 앨리스』와 그 후속작인 1872년 출판된 『거울 나라의 앨리스』가 있다. 이 작품은 사회 전반에 큰 영향을 끼쳤으며, 철학자, 수학자, 물리학자, 심리학자들에게 많은 영감을 주었다. 특히 물리학에서는 빅뱅이론, 카오스 이론, 상대성 이론, 양자역학 등을 설명할 때 자주 인용된다. 그 외에도 장편 시 및 동화를 집필했으며, 몇몇 수학에 관련한 책과 논문을 썼다. 한 번은 빅토리아 여왕이 앨리스 이야기를 재미있게 읽고 그가 쓴 책을 모두 읽고 싶다는 편지를 보냈다가, 수학책과 논문들을 받고 당황했다는 일화가 있다.

5-7
#자매의 위로 #니나 신드롬
#죽고 싶지만 죽고 싶지 않아

『삶의 한가운데』_루이제 린저

소설, 혹은 영화에 나오는 엉뚱하면서 어딘가 위태로워 보이는 인물에게 사랑을 느끼거나 위안을 받은 적이 있는가? 현실에서는 그런 사람을 만나기 어려울뿐더러, 관계가 변질되지 않도록 노력해야 할 것이다. 하지만 가상 세계에서 만난 매력적인 인물은 우리를 어떤 곳으로든 데려가는 피터 팬처럼 느껴진다. 그리고 옛날 사람들이 전통놀이인 널뛰기를 하며 담장 너머 세상을 훔쳐보았던 것처럼, 자유를 억압받는 시기의 작가들의 소설에는 그런 지적 호기심이 가득하다. 세상을 끊임없이 탐구하려고 하는 루이제 린저의『삶의 한가운데』에는 그런 인물이 등장한다.

411 여자 형제들은 서로에 대해 모든 것을 알고 있든지 혹은 아무것도 모르고 있든지 둘 중 하나다. 나의 동생 니나에 대해 나는 얼마 전까지 아무것도 모르고 있었다.

412 그녀는, 내 생각인데, 거짓말 하지 않고도 세상을

살 수 있다는 것을 본인 자신은 의식하지 못하면서도 몸으로 보여주는 사람이오. 재미있지요. 그러나 어려운 거죠. 아무데서나 충돌하고, 구설수에 오르고, 항상 극단으로 치닫는 당돌한 존재요.

413 오십이 다 된 여자는 산전수전 다 겪었다고 생각해야 해. 그러나 다 지나간 일이야. 대개 적어도 이 나이면 지나갔다는 것이 기쁠 뿐이야.

414 나는 정말로 내 생애에 한번도 사랑해 본 적이 없었어. 한번도 없었어. 한 남자 때문에 정말로 불행해진 적이 한번도 없었어. 나는 사랑한다는 것이 무엇인지 몰랐어. 그러나 지금은 알아.

415 나는 내가 그동안 관찰해 왔던 수많은 죽어가는 자들의 모습을 떠올렸다. 그들의 죽음은 굉장한 것이 아니었다. 그것은 온갖 종류의 고통에 찌든 비참한 것이었다.

작품은 여주인공 니나를 사랑하는 슈타인의 일기 및 편지, 그리고 니나와 그녀의 언니가 만나서 나누는 대화들로 구성된다. 반나치즘 투쟁과 휴머니즘에 대한 태도 등 저자의 사상과 생각을 고스란히 품고 있는 주인공 니나는 매번 우울해하며 죽음을 동경하는 인물이지만, 아이러니하게도 넘쳐나는 생명력으로 당대 젊은이들을 사로잡으며 많은 사랑을 받는다. 삶의 의미를 부단히 추구하고 모색하는 매혹적인 인간상을 띠고 있었기 때문이다.

416 나는 그녀가 죽으리라고는 믿지 않는다. 오늘 밤에는 아니다. 아마도 이 병으로는 결코 죽지 않을 것이다. 그녀가 품고 있는 죽음에 대한 동경은 호기심이다.

417 그래, 나는 비겁한 것을 싫어했어. 나는 물론 다른 사람의 비겁함도 말이야. 그러나 지금은, 지금은, 우리가 마치 밤을 필요로 하듯 비밀도 필요하다는 것을 알게 되었어.

418 다른 사람에 대해 어떻게 알 수 있겠어! 사람들은 자기 자신에 관해서조차 아무것도 모르잖아? 우리가 안다고 생각하면 할수록 우리는 고양이 발걸음처럼 사는 법을 배우게 되지.

419 천국은 걸음을 걸을 때마다 사랑하는 사람을, 그러나 깊이는 아니고 약간만 사랑하는 사람을 만나는 곳이야.

420 나는 이런 아름다운 만남을 선사한 인생에 감사한다.

토마스 만은 루이제 린저를 가리켜 시대 악과의 싸움에서 뛰어난 용기를 보여준 사람이라고 평했다. 린저가 자신의 작품에 나오는 인물 중에서 가장 사랑하는 주인공인 니나는 작가가 이상적이라고 생각하는, 정직하고 곧은 삶과 매너리즘에 반항하며 늘 새로운 도전을 감행하고 그렇게 얻어지는 삶 속에서 행복을 맛보는 생명의 화신이다. 독자의 마음속에서 죽지 않고 영원히 살아갈 니나의 이미지는 마치 꺼지지 않는 불꽃같다. 그녀가 던진 인생과 사랑에 관한 물음은 소모적이지 않고 우리의 지적 호기심을 삶으로 충만하게 만들어 준다.

작가: 루이제 린저 Luise Rinser, 1911~2002

독일에서 태어난 루이제 린저는 대학에서 교육학과 심리학을 전공하였으며 초등학교 교사가 되었으나, 나치의 억압으로 해직통보를 받았다. 첫 번째로 출간된 『유리반지』라는 작품이 나오자마자 나치로부터 출판 금지를 당하게 되었다. 나치당에 대항한 것으로 유명하며, 반나치 투쟁을 벌이다가 감옥에 가기도 했다. 여성 예술가 전혜린의 번역으로 국내에 소개된 『생의 한가운데』가 대표작이다. 하지만 그녀가 사실은 자신의 과거를 미화했으며, 나치즘을 옹호했던 몇몇 행적이 드러났다는 의견이 제시된 바가 있다. 이것이 사실이라면 많은 독자들이 실망할 것이다.

5-8

#고뇌 #사색은 어려운 법
#예술이란 무엇인가

『젊은 예술가의 초상』_제임스 조이스

누구나 한 번쯤 자신의 삶을 책으로 쓰는 상상은 해 본다. 거기서 가장 중요한 장면은 무엇이며, 어떤 고민이 책 전반을 관통할지 상상하다보면 자연스럽게 삶의 의미에 대해 묻게 된다. 예술은 항상 그런 식이다. 무거운 글도, 가벼운 글도, 항상 인간의 삶에 대해 쓰고 있다. 예술가란 자고로 남들보다 더 많은 것을 느끼고 보고 표현하는 직업이다. 그러므로 제임스 조이스의 소설을 읽고 있노라면, 이 사람이 정말 나와 같은 종족(인간)이 맞는가 싶은 느낌마저 든다. 그러면서도 인류 보편적 감정을 관통하는 문장을 찾아내는 재미를 보장한다.

421 정치가 무엇인지 잘 모르고 우주가 어디서 끝나는지 잘 모르는 게 그에게는 안타까웠다. 자신이 보잘것없고 약하기만 한 것 같았다.

422 부당하다. 불공평하고 잔인하다. 그는 식당에 앉아 그 굴욕을 몇 번이고 되씹으면서 고민했다. 그러자

니 자기 얼굴에 못된 짓을 하는 인간처럼 보이는 데가 정말 있지 않은가 하는 의구심이 생겼다.

423 그의 생각은 다시금 메르세데스로 되돌아갔다. 그 여인의 모습을 마음속에 그리노라면 이상야릇한 불안이 그의 피 속에 스며들었다.

424 그때와 지금과의 사이에는 소년기 이래 2년 동안의 성숙과 지식이 가로놓여 이미 그 길은 막혀 있었다. 마음속에 갇혀 있는 울적하고 야릇한 심정이 진종일 어두운 흐름과 소용돌이를 이루어 물살처럼 빠졌다 찼다 하다가 이윽고 지칠 대로 지쳐 감독 선생의 웃음소리와 화장한 소년 바람에 그만 참지 못하고 튀어나온 것이었다.

425 그는 또한 자신의 헛된 고립을 뚜렷이 보았다. 자기가 가까이 가고자 원했던 생활에 한 발자국도 더 다가서지 못했으며, 그렇다고 어머니나 동생이나 누이에게서 자신을 갈라놓는 불안한 수치심과 불만을 없앨 수도 없었다.

이 작가는 어떤 사상에 얽매이길 굉장히 싫어했는데, 그 때문인지 당대 모더니스트들의 기본 소양이었던 반유대주의는 물론 그의 동료 중 다수가 저질렀던 파시즘 예찬과도 일절 관련이 없으며 아일랜드 출신으로 중하류층의 삶을 소재로 했던 행적에서 알 수 있듯 엘리트주의, 계급주의와도 거리가 멀다. 따라서 다소 난해하다는 점만 빼면, 우리와 같은 후대의 독자들도 아무런 껄끄러움 없이 그의 작품들을 읽을 수 있다.

426 그들의 비겁하고 잔인함을 털끝만큼이라도 잊고 있지 않으면서 그것이 생각에 떠올라도 조금도 노여움이 솟아나지 않는 것이다. 그래서 책에서 읽어본 격심한 사랑과 미움의 묘사가 그에게는 어쩐지 진실이 아닌 것만 같았다.

427 사랑과 증오의 감정에 대한 여러 가지 말이 연단이나 설교단 위에서 엄숙하게 튀어나오는 것을 그는 들은 적이 있으며, 또 책 가운데 엄숙하게 씌어 있는 것을 본 적도 있다. 그러나 왜 자기의 영혼은 한시도 그러한 감정을 품을 수 없는 것인지, 왜 자기의 입술은 확신을 갖고 그러한 말을 할 수 없는 것인지 그는 의아스러웠다.

428 그러나 아무리 그 여인의 모습을 욕하고 조롱한대도 이 노여움이 결국 일종의 찬미임을 그는 느끼고 있었다.

429 그가 양팔로 미인을 감쌀 때, 그는 이 세상에서 사라진 지 이미 오랜 사랑스러움을 팔 속에 부둥켜안고

있는 것이다. 아니다. 전혀 아님. 내가 아직 이 세상에 나타나지 않은 사랑스러움을, 이 팔 속에 부둥켜 안고 싶을 뿐.

430 오라 오, 인생이여! 백만 번이고 나아가 경험의 진실에 부닥쳐 내 영혼의 대장간에서 내 민족이 창조한 바 없는 양심을 벼르리라.

소설 속 주인공은 종교적인 규율이 강하게 적용되는 학교로 가서 성직자의 길을 제안 받지만, 종교가 가하는 성적 억압과 비합리적인 교리로 인해 점점 신앙에 회의가 든 그는 사제라는 안정적인 직업을 뒤로 하고 소설가로서의 떠돌이 생활을 택한다. 제임스 조이스의 자전적 삶이 투영된 이 작품은 종교를 떠난 인간이 가질만한 외로움을 위로해 줄 것이다. 이 작품 외에도 유명한 세계 명작들은 종교에 많은 물음을 던지며 앞으로 나아가는 길을 제시했다. 그러니 문학은 신보다 더 많은 사람들을 포용하는 존재일지도 모른다. 그리고 문학은 인간이 만든다. 우리는 그런 문학의 품을 빌려 위안을 받을 수 있다.

작가: 제임스 조이스 James Joyce**, 1882~1941**

BBC에서 위대한 작가로, 〈타임〉지에서 20세기 가장 영향력 있는 인물 100인으로 선정된 그는 뛰어난 예술적 재능으로 수준 높은 작품을 집필했다. 그는 안정적으로 정착하는 삶을 살지는 않았지만, 가정사는 의외로 순탄했다. 노라 바나클이란 여인과 뜨거운 연애를 하다가 금슬 좋은 부부가 되었다고 하는데, 그들이 주고받은 연애편지에서 나오는 상당히 노골적인 성적 묘사로 인해 세간의 관심을 산 적도 있다. 다음은 그의 아내가 그에 대해 서술한 말이다. “내 남편이 천재인지는 모르겠지만, 확실한 건 그는 아주 지저분한 머릿속을 가지고 있다는 것이죠.”

제6장

21세기 이후의 인간

_미래를 엿보는 문학작품 속 한 문장

많은 문학 작가들은 단지 지나가는 것들을 기록하기 위해 소설을 쓰는 것이 아닙니다. 저마다 바라는 미래가 있고, 그런 미래를 향해 변화하려고 글을 쓰는 것입니다. 몇몇 작가들은 유토피아의 반대 개념인 디스토피아 세계를 그려내면서, 인류가 그런 방향으로 가는 것을 경계합니다. 세상에 우연은 없습니다. 모든 것은 우리의 생각이 만들어낸 결과입니다. 생각은 에너지이고 에너지는 파장입니다. 우리가 진정으로 바라는 것들을 끌어당기려면 어떻게 해야 할까요? 우리의 생각 전체가 그것이 되어야 하지 않을까요?

6-1

#독재정치 #디스토피아 #빅브라더

『1984』_조지 오웰

기술이 발전하면서, 이웃 나라인 중국에 대한 괴담이 생겨나고 있다. 바로 첨단 기술로 국민의 사생활을 자연스럽게 침해하고 더 나아가 억압하는 국가 권력에 대한 괴담이다. 조지 오웰이 말하는 전체주의에 대한 경계는 각별하면서 매우 설득력이 있다. 그는 소련식 체제는 그저 폭력 정치이고 전체주의라는 의견을 가지고 있다. 그런데 왜 하필 1984년이었을까? 그것은 아마 이 작품이 집필된 시기가 1948년쯤이었기 때문일 것이다. 사람에게는 세계관이 있고, 가치관이 있다. 모든 작가들은 자신의 이상적인 세계를 위해 작품을 쓴다.

431 윈스턴이 보고 있는 전면에는 당의 세 가지 슬로건이 멋진 글씨로 붙어 있었다. "전쟁은 평화, 자유는 예속, 무지는 힘"

432 지금 하려는 일은 일기를 쓰기 시작하는 것이었다. 이것은 불법은 아니었지만(법이란 게 없으니 불법이란 것도 일절 없다) 발각만 되면 사형, 아니면 적어도 강

제노동 25년형을 받을 것이 틀림없었다.

433 이상하게도 그는 자신을 표현할 힘을 잃어버렸을 뿐 아니라 애초에 무얼 말하려고 했는지조차 잊어버린 것 같았다.

434 사상죄는 죽음에 해당되는 것이 아니다. 바로 죽음 그 자체다.

435 과거는 단순히 변경된 게 아니다. 사실상 파괴됐다. 자신의 기억 외에는 아무런 기록이 없는데 가장 명백한 사실일지라도 어떻게 이걸 증명한단 말인가?

『1984』는 전체주의라는 거대한 지배 시스템 앞에서 개인이 어떻게 저항하다가 어떻게 파멸해 가는지, 그 과정과 양상, 그리고 배후를 적나라하게 보여주는 디스토피아 소설이다. 작품의 무대인 오세아니아의 정치 통제 기구인 당은 허구적 인물인 빅 브라더를 내세워 독재 권력의 극대화를 꾀하며, 정치 체제를 유지하기 위해 텔레스크린, 사상경찰, 마이크로폰, 헬리콥터 등을 이용하여 당원들의 사생활을 철저하게 감시한다. 당의 정당성을 획득하는 것과 동시에 당원들의 사상적인 통제를 위해 과거의 사실을 끊임없이 날조하고, 새로운 언어인 신어를 창조하여 생각과 행동을 속박함은 물론, 인간의 기본적인 욕구인 성욕까지 통제한다.

436 모든 역사란 필요하면 깨끗이 지워 버리고 다시 고쳐 쓰는 양피지와 같다. 이렇듯 완전무결하게 처리되고 보면 거기에 허위가 있다고 결코 주장할 수 없게 된다.

437 신어(新語)의 목적이 사고의 폭을 줄이는 것이란 걸 알고 있나? 결국 우리는 사상죄도 문자 그대로 불가능하게 만들 거야. 왜냐하면 그걸 표현할 말이 없어질 테니까.

438 당의 목적은 남녀 간의 통제할 수 없는 애정관계를 맺지 못하도록 하는 데 있기도 하지만 겉으로 나타나지 않는 보다 진정한 목적은 성행위로부터 모든 쾌락을 제거시키는 데 있다.

439 그러나 그렇더라도 나는 옳다! 그들이 틀렸고 내가 옳다. 명백한 것, 순결한 것, 그리고 진실한 것은 지켜져야 한다. 자명한 것은 자명하다. 그것을 붙잡고 늘어지라!

440 자네는 대형을 사랑해야 해. 그에게 복종한다는 것만으로 모자라. 그를 사랑해야 한단 말이야.

비디오 아티스트 백남준은 실제 1984년 1월 1일에 〈굿모닝 미스터 오웰〉이라는 작품을 발표하였고, 전 세계 TV에 위성 생중계되었다. 이 작품은 세계 최초의 인공위성 생중계 쇼 프로그램이었으며 뉴욕, 샌프란시스코, 파리에 생중계되었다. 현대음악가의 전설로 남은 존 케이지, 프랑스가 낳은 세계적 배우 이브 몽탕의 탭댄스 공연, 현대무용의 거두이자 '뉴 댄스'의 창시자인 머스 커닝햄, 살바도르 달리까지 출연하는 이 작품은 "오웰, 당신이 예측한 미래는 오지 않았고 우리는 잘 살고 있다. 또한 텔레비전은 텔레스크린이 되지 않을 것이며, 도리어 인류 문명에 기여할 것이다."라는 뜻을 담은 작품으로 해석할 수 있다.

작가: 조지 오웰 George Orwell, 1903~1950

영국 작가인 그는 사회주의자였지만 소련식 체제를 혐오하였다. 소련은 마르크스는 물론이고 심지어 레닌의 이상마저도 퇴색시켜 버린 독재 국가에 불과하다고 간주한 것이다. 『동물농장』과 『1984』, 이 두 작품은 이후에도 수많은 영화와 드라마로 리메이크되었으며, 특히 『1984』의 빅 브라더는 개인의 모든 정신과 생활까지 체제에 따라 빠짐없이 감시하는 상황을 비유하는 대명사로까지 정착되었다. 나아가 이 소설의 영향으로 소설 속의 오세아니아처럼 정부가 개인의 삶을 총체적으로 통제하는 전체주의 사회를 '오웰리언Orwellian'이라고 부르기도 한다.

6-2

#마술적 리얼리즘 #복잡한 가계도 #환상소설

『백년의 고독』_가브리엘 가르시아 마르케스

인간의 상상력은 때로 아리송한 비밀 메시지를 예술 속에 남겨놓을 수도 있다. 그것은 은밀한 암시가 되어 세상을 원하는 방향으로 모른 척 이끌어갈 수 있을지도 모르는 일이다. 가브리엘 가르시아 마르케스는 콜롬비아의 유명한 작가이며, 이 작품으로 노벨문학상을 수상했다. 『백년의 고독』 또는 『백년 동안의 고독』은 그의 대하소설로, 제목 그대로 1백년 동안 한 가문의 고독으로 가득한 흥망성쇠를 다루고 있다. 중남미 문학의 마술적 리얼리즘을 선구적으로 구현한 소설로도 잘 알려져 있다. 신비한 마술, 환상적이면서 장대한 서사가 독자를 사로잡는 이 소설을 읽다보면 그의 세계관을 이해할 수 있게 된다.

441 그들은 정말 불면증이라는 병에 걸려 있었다—아무도 잠을 이루지 못하고 하루 종일 눈을 뜬 채 꿈을 꾸었다. 눈을 뜨고 혼미한 상태에서 나타난 이미지뿐만 아니라 다른 사람의 꿈속의 이미지까지 보

았다.

442 괜찮아. 중요한 건 방향을 잃지 않는 거니까.

443 네 부모 뼈가 땅에 묻히지 않고 있는 한 넌 불행할 거야. 그 몫을 떠안고 살아야 하는 건 너니까.

444 죽은 사람들은 나타나지 않소. 우리가 양심의 가책을 견딜 수 없다는 게 문제지.

445 얼마 있다가 목수들이 호세 아르카디오 부엔디아의 관을 만들려고 치수를 재는 동안에, 그들은 창밖에 작고 노란 꽃들이 하늘에서 가볍게 빗발처럼 흩날리는 것을 보았다.

주로 소설의 초반에는 '아우렐리아노 부엔디아 대령'의 일대기를 중심으로, 중반에는 호세 아르카디오 세군도, 아우렐리아노 세군도 쌍둥이 형제를 중심으로, 후반에는 그의 이름과 성격을 물려받은 고독한 청년 아우렐리아노를 중심으로 놓고 흘러간다. 100년 동안의 세대를 아우르는 이야기라 소설 자체도 분량이 매우 길다. 거시적인 흐름은 저 둘을 중심으로 흘러가는 한편 중간 중간에 『백년의 고독』에서 빼놓을 수 없는 '마술적 리얼리즘' 요소가 잘 드러나는, 집안의 인물 하나하나의 이야기가 나온다.

446 아마란타는 자기가 벌써 위험한 상태에 도달해 있

고, 어린아이와 키스놀이에 지나지 않는 장난을 치고 있는 것도 아닌, 위험하고도 미래가 없는 때늦은 정열에 발버둥치고 있다는 사실을 깨닫게 되어, 그 관계를 끝내기로 단호히 결심했다.

447 말없이 조용한 나날을 보내며, 집안에 넘쳐흐르는 새로운 생명력에는 관심도 보이지 않고, 아우렐리아노 부엔디아 대령은 노년기를 훌륭하게 보내는 비결이란 고독과 영광스러운 조약을 체결하는 길뿐이라는 것을 깨닫게 되었다.

448 온 세상을 돌아다니며 경험으로 배워서 사랑에 대한 정신적인 동요에 대해서는 전문가가 된 사람들도 미녀 레메디오스에게서 풍기는 자연스러운 체취가 일으키는 초조감은 그 유례를 찾아보기 힘들 만큼 강렬하다고 말했다.

449 세월은 흘러가는 것이 아니라 원을 그리며 되풀이되고 있다는 것을 깨닫고는 다시 한 번 더 몸서리를 쳤다.

450 그러나 미처 마지막 줄을 다 읽어내기도 전에, 그는 자기가 결코 이 방에서 나갈 수 없다는 사실을 알아내게 되었으니, 그것은 이 거울의 도시, 아니 신기루의 도시가, 바람에 날려 없어질 터이며, 아우렐리아노 부엔디아가 이 원고를 해독하게 되는 순간부

터 마콘도는 인간의 기억에서 영원히 사라질 것이며, 여기에 적힌 글들은 영원히 어느 때에도 다시 되풀이될 수 없을 것이니, 그것은 100년 동안의 고독에 시달린 종족은 이 세상에 다시 태어날 수 없다고 적혀 있었기 때문이다.

인간에게 저주를 내릴 수 있다면, 그 많은 저주 중에 시간과 고독에 관련된 저주를 내릴 것이다. 시간과 공간이 외부와 단절되어 있는 소설의 배경인 마을은 태초부터 금기에서 탄생한 장소이기 때문에, 대를 이어 내려오는 고독은 가히 저주라고 부를 만 하다. 그리고 중간에 등장하는 바나나 농장은 미국의 자본주의적 상징이기도 하다. 미국식 자본주의 질서가 들어서면서, 부엔디아 집안 내적으로나 마콘도 자체로나 모두가 파멸을 향해 굴러 떨어지기 시작한다. 수많은 노동자를 고용해서 낮은 임금을 주며 형편없이 대우하는 농장주로 인해 반발이 일어나자 변호사를 고용해 노동자들을 조롱하고, 종국에는 분노한 노동자들이 시위와 폭동을 일으키자 정부와 결탁해 노동자들을 학살한다. 이는 현실 비판적인 작가의 시점을 보여주는 대목이다.

작가: 가브리엘 가르시아 마르케스 Gabriel Garcia Marquez, 1927~2014

1927년 콜롬비아에서 태어나 20세에 콜롬비아 대학교에서 법률공부를 시작하지만, 정치적 혼란 속에서 학교를 중퇴하고 자유파 계열 신문인 〈엘 에스펙타도르〉의 신문기자로 사회생활을 시작한다. 특파원으로 로마에 파견된 그는 본국의 정치적 부패와 혼란을 비판하는 칼럼을 쓴 계기로 파리, 뉴욕 등을 떠돌게 되는데, 그 후 마르케스는 정치적 성향이 뚜렷해 공산당에 입당, 적극적인 정치활동을 펼치기도 했다. 워낙 정치적으로도 명성이 드높았던 인물이었던 탓에 콜롬비아 자유당 및 콜롬비아 내 여러 좌파정당들에게서 정계진출을 제의받은 적도 있지만 마르케스는 이를 거절했고, 소설가 및 시사평론가로 남았다.

6-3

#종교적 깨달음 #죄 #자전소설

『에덴의 동쪽』_존 스타인벡

종교는 한 사람의 인생에서 중요한 축을 담당하기도 한다. 아무리 근대 사회가 종교에서 벗어나서 진보했다고 하지만, 종교는 그 나름의 가치를 갖고 있다. 소설의 제목인 '에덴의 동쪽'에는 두 가지의 의미가 있다. 첫 번째는 창세기에서 아담과 이브가 에덴 낙원에서 쫓겨난 후, 다시 돌아오지 못하게 막은 방향이다. 이는 기독교의 원 복음 시대에 있어 인류가 회복하여 돌아가야 할 땅을 의미하는 상징성을 가진다. 두 번째는 창세기에서 카인이 동생 아벨을 살해한 후 추방된 장소로, 에덴 동산에서 동쪽 방향으로 떨어진 곳이다. 똑같이 '에덴의 동쪽'으로 적지만 위와는 상반된 의미라 할 수 있다. 이 소설의 경우 후자의 의미를 차용했다고 해석할 수 있다.

451 괴물 같은 겉모습으로 태어난 사람들이 있다면, 괴물 같은 심성을 타고 난 사람도 가능하지 않을까? 완벽한 얼굴과 몸을 지녔으되, 뒤틀린 유전자나 기형적인 난자 때문에 어쩌면 영혼이 뒤틀린 채 태어난 경우가 가능하지 않을까?

452 가진 것이 오직 하나뿐이라면 그것을 자랑할 수밖에 없다. 가진 것이 없을수록 더 자랑하고 싶은지도 모른다.

453 모든 것은 오직 하루뿐이다. 기억하는 것도 기억되는 것도 모두 마찬가지다. 모든 것은 변화에 의해 발생한다는 걸 항상 기억하라.

454 그대는 곧 죽게 되리라. 그러나 그대는 여전히 단순하지 못하고, 마음의 혼란에서 벗어나지도 못하며, 외부에 의해 상처받고 있다는 의혹에서 벗어나지도 못하고, 모든 이에게 관대하지도 못하며, 지혜를 발휘하여 공정하게 행동하지도 못하는 도다.

455 나는 모든 인간이 파멸한다고는 생각지 않아. 파멸하지 않았던 사람들을 예로 들라면 여럿 들 수 있네. 그들이야말로 세상 사람들에게 삶의 지표를 제시해 주는 분들이야.

제목에서 분명히 드러나듯, 『에덴의 동쪽』은 구약성경의 카인과 아벨 이야기를 가져와 트래스크 집안의 3대에 걸친 선과 악, 사랑과 증오, 복수와 화해의 역사를 기록하고 있다. 캘리포니아 주에서 가장 척박한 땅을 끈질기게 일구며 정착한 해밀턴 일가는 원래 아일랜드에서 이주해왔지만, 터를 잡은 이후 대가족 모두 주위의 좋은 평판과 부러움을 얻으면서 이곳의 토착민으로 정착한다. 그런데 부모를 죽이고 매춘을 일삼는 캐시라는 인물의 등장으로 평화가 흔들리고 마는 것이다.

456 아이가 난생 처음으로 어른의 정체를 알게 되면, 그러니까 어른들이란 신처럼 완벽하게 지혜롭지도 않고 늘 판단이 현명한 것도 아니며 모든 생각이 진실하지도 않을 뿐만 아니라 그들이 내리는 결정 또한 반드시 공정하지만은 않다는 사실을 깨닫게 되면, 그 아이의 세계는 돌연한 공포와 슬픔에 젖고 만다.

457 진실을 말해도 사람들이 믿어주지 않으면 거짓말을 했을 때보다 마음에 훨씬 큰 상처가 되는 법이지.

458 내 생각에 인간은 정신적으로나 물질적으로 자신이 소유한 모든 것들을 벗어던진다고 해도 끝내 괴로워해야 할 몇 가지의 작은 죄들을 마음 한구석에 감추고 있는 것 같소. 그것들만은 절대 잃어버리지 않는 거죠.

459 인간은 자신의 약한 행동이나 추잡한 행위 혹은 형제를 살상하는 일에 있어서 중대한 선택권을 지니고 있기 때문이죠. 인간은 자신의 길을 선택해 어떤 난관에도 굴하지 않고, 끝까지 그 길을 걸어가 목표를 성취할 수 있습니다.

460 우리를 창조한 것이 무엇이든, 그것이 우리의 노력

을 멈추게 할 수 있다고 생각하니? 우리가 이렇게 살아 있는 한 우리를 멈추게 할 수 있는 건 없어.

책의 마지막 부분에서 애덤이 삶을 마감할 때, 칼과 에이브라, 리가 지켜보는 임종 자리에서 리는 애덤에게 용서와 화해의 뜻을 밝히라고 호소하고, 애덤은 '너의 뜻대로 악을 물리치게 되리라'는 의미의 '팀셸timshel'이라는 말을 남긴다. 구약성경 창세기에 나오는 '팀셸'은 카인에게 스스로 악에 맞설 힘이 있음을 확신시켜 준 하느님의 말이다. 이로써 아버지 애덤은 생의 마지막 순간 형 아론을 사지로 몰아넣고 괴로워하는 칼을 용서한다는 뜻을 전한 것이다.

작가: 존 스타인벡John Steinbeck, 1902~1968

1902년 미국 캘리포니아 주 살라나스 지역에서 태어났다. 스탠퍼드 대학을 다니다 중퇴하고 〈뉴욕 타임스〉지의 기자로 일했으며, 1929년 해적 소설 『황금의 잔』으로 소설가의 길을 걸었다. 1935년 발표한 『토르티야 대지』가 대중들에게 좋은 반응을 얻었고 『승부 없는 싸움』과 『생쥐와 인간』을 발표해 인간의 내면과 더불어 노동자의 삶에 대한 진지한 주제를 다뤘다. 뒤이어 1939년 『분노의 포도』를 발표해 대공황 시기 미국의 참담한 현실을 적나라하게 묘사해 미국 문단에 커다란 반향을 일으켰다.

6-4

#역사소설 #프랑스 혁명 #미래를 향한 발걸음

『두 도시 이야기』_찰스 디킨스

혁명이라는 단어에 가슴이 뛰지 않을 사람이 어디 있겠는가. 찰스 디킨스의 『두 도시 이야기』는 1859년에 발표된 장편 역사소설로, 그 유명한 프랑스 대혁명 시기를 배경으로 한다. 제목의 '두 도시'는 파리와 런던을 가리키는데, 억울하게 감옥에 수감되었던 마네트 박사와 마음씨 고운 그의 딸 루시, 스스로 귀족의 신분을 버리고 영국에서 살아가는 찰스 다네이와 능력을 펼치지 못한 채 살아가는 변호사 시드니 카턴을 중심으로 프랑스 혁명이라는 한 시대의 폭풍을 끼고 벌어지는 이야기를 다룬 소설이다. 디킨스의 작품 중 이야기 구성이 가장 뛰어난 작품 중 하나로 손꼽힌다. 독자는 이 소설을 읽으며 현대인의 고독과 도시의 삶을 떠올릴 수 있다.

461 최고의 시절이자 최악의 시절이었다. 지혜의 시대이자 어리석음의 시대였고, 믿음의 세기이자 불신의 세기였다. 빛의 계절이면서도 어둠의 계절이었

고, 희망의 봄이지만 절망의 겨울이기도 했다. 우리 앞에는 모든 것이 있었지만, 또 한편으로 아무것도 없었다.

462 "수많은 사람들 소리가 나는데도 이렇게 외롭다니!" "전 가끔 저녁때 여기 혼자 앉아 소리를 듣곤 했는데, 밖에서 들리는 메아리가 이윽고 우리 삶 속으로 들어오는 모든 발소리의 메아리가 아닌가 싶더라고요." "그렇다면 우리의 삶 속으로 하루에도 대단한 군중이 들어오는 거네요."

463 오는 길이 오래 걸리더라도 그건 오고 있는 중이고, 오고 있다는 거야. 내 말은, 그건 결코 물러서거나 멈추지 않는다는 거야. 내 말은, 그건 항상 전진하고 있다는 거야.

464 그렇게 도시의 삶도 시간과 조류는 사람을 기다려 주지 않는다는 법칙에 따라 죽음으로 흘러가고, 쥐새끼들은 다시 그들의 어두운 쥐구멍에서 서로 붙들고 잠이 들고, 가장무도회는 만찬장에서 다시 시작되고, 모든 것이 그렇게 자기 길을 가고 있었다.

465 밤에 대도시로 진입할 때면 이런 숙연한 생각이 들곤 한다. 저 컴컴하게 모여 있는 집들 하나하나가 모두 나름의 비밀을 간직하고 있다는 것, 거기 살고 있는 수십만 개의 뛰는 심장들 하나하나도 상상해 보

면 가장 가까이 있는 심장에게도 하나의 비밀이라는 것!

마지막 3부에서는 분노한 프랑스 시민들에 의해 이루어지는 무분별한 체포와 사살이 자행되는 모습을 주요 인물들의 눈을 통해 그려내기 때문에 혁명이 아름답지만은 않았다는 사실을 잘 보여주기도 한다. 하지만 그 전 1, 2부에서 귀족들에 의해 이루어진 학대에 많은 백성들이 고통스러워한 모습을 보여주었기 때문에 혁명을 자초한 것은 결국 무자비한 귀족이었음 역시 놓치지 않는다. 특별히 명확한 정치적 입장이나 역사관에 입각하여 혁명을 묘사한 것은 아니지만, 파란만장한 플롯과 긴박한 파리와 런던의 정경 묘사가 탁월한 작품이다.

466 "그녀 남편의 운명은," 드파르주 부인이 평소처럼 차분하게 말했다. "그가 가기로 되어 있는 곳으로 그를 데려갈 거고, 그를 끝장내도록 되어 있는 종말로 이끌고 갈 거야. 그게 내가 아는 전부야."

467 "우리가 행복 속에서 얼마나 강인한지, 그리고 그는 불행 속에서 얼마나 약한지를 기억해요!"

468 모두가 유령이었다! 아름다움의 유령, 위풍당당함의 유령, 우아함의 유령, 자부심의 유령, 경쾌함의

유령, 재치의 유령, 젊음의 유령, 노인의 유령, 모두 가 그 황량한 해변에서 떠나기를 기다리며, 그곳에 오며 겪은 죽음으로 인해 변해버린 눈길로 그를 바라보았다.

469 자유, 평등, 우애, 아니면 죽음을—그중 마지막 것이 가장 주기 쉬웠으니, 오, 기요틴이여!

470 비슷한 망치로 다시 한번 더 인간성을 일그러뜨린다면, 그것 역시 똑같은 일그러진 모양으로 구부러질 것이다. 다시 한번 그 탐욕스러운 방종과 억압을 다시 씨 뿌린다면, 그것은 분명 그 종류에 따라 똑같은 열매를 맺을 것이다.

혁명은 망치질이다. 무언가를 완벽하게 회복하는 도구로써 기능하는 부분은 한계가 있다는 말이다. 득이 있으면 실이 있기 마련이다. 인류의 역사는 그렇게 왼쪽으로 오른쪽으로 비틀거리며 앞으로 나아왔다고 해도 과언이 아닐 것이다.

그렇다면 우리의 인생은 어떨까? 우리도 다양한 선택을 반복하며 앞으로 나아간다. 이러한 메시지를 심어서 읽는 소설도 좋지만, 찰스 디킨스의 소설은 사실 덮어놓고 읽다 보면 시간 가는 줄 모르고 뜻을 저절로 헤아리게 되는 종류의 소설이다. 재미있고 시니컬한 문장의 세계로 당신을 초대한다.

작가: 찰스 디킨스 Charles John Huffam Dickens, **1812~1870**

찰스 디킨스는 매우 다작한 작가로, 많은 작품으로 인기를 끌었기에 영국 최고의 소설가이자 '천재 중의 천재'로 평가받고 있다. 당대 유럽 대륙의 부르주아들에게도 영국 소설이 필수교양 중 하나였을 정도로 유럽에서 선풍적인 인기를 끌었을 당시, 카를 마르크스나 게오르크 루카치 등 여러 사람들이 자기의 저작에 19세기 유럽 소설에 대해 주요한 언급을 남길 때마다 디킨스의 책들은 빠지지 않고 등장할 정도로 대단한 성공을 거두었다. 또한 문학적 실력 못지않게 마케팅에도 천부적이어서 디킨스는 "연재" 소설이라는 분야를 본격 개척했다고 해도 될 정도로, 결정적 순간에 이야기를 끊어 독자들이 다음번 연재를 간절하게 기다리게 하는 클리프행어(극의 절정 단계로 관객의 긴장감 및 기대감을 극도로 고조시키는 순간) 기법을 사용한 작가로 유명하다.

6-5

#블랙유머 #휴머니즘 #웃픈 소설

『제5도살장』_커트 보니것

전쟁은 누구를 위해 일어나는가, 전쟁은 누구의 싸움인가. 수많은 사람의 죽음을 낳는 전쟁은 대체 누구의 바람으로 이루어지나? 이러한 물음은 끊임없이 제시되었다. 반전(反戰) 운동인 것이다. 이러한 물음은 반전 운동의 형태로 끊임없이 제시되어왔다. 커트 보니것의 『제5도살장』은 반전 문학 중 개성 있다고 알려지는 작품이다. 제목인 '제5도살장'은 도살장을 개조해서 만든, 실제로 있었던 독일의 포로수용소의 이름에서 따왔다. 작가인 커트 보니것은 제2차 세계대전 당시 포로로 붙잡혀 그곳에 끌려갔었다고 한다. 따라서 작가의 체험에서 비롯된 생생하고 시니컬한 비판이 이루어진다.

471 이 모든 일은 실제로 일어났다. 대체로는. 어쨌든, 전쟁 이야기는 아주 많은 부분이 사실이다.

472 설사 전쟁이 빙하처럼 계속 오지는 않는다 해도, 평범하고 오래된 죽음은 계속 있을 것이다.

473 돌아보지 말아야 한다고들 한다. 나도 물론 앞으로 돌아보지 않을 것이다. 이제 나는 전쟁 책을 끝냈

다. 다음에 쓰는 책은 재미있을 것이다. 이번 것은 실패작이고, 실패작일 수밖에 없었다. 그것은 소금 기둥이 쓴 것이니까.

474 영화라면 프랭크 시나트라와 존 웨인, 아니면 다른 매력적이고 전쟁을 사랑하는 추잡한 늙은 남자들이 두 사람을 연기하겠죠. 그럼 전쟁은 그냥 멋지게 보일 것이고, 그래서 우리는 전쟁을 또 많이 하게 될 거예요. 그리고 그 전쟁에 위층에 있는 애들 같은 어린 아이들이 나가 싸우게 되겠죠.

475 책이 너무 짧고 뒤죽박죽이고 거슬리네요, 샘. 대학살에 관해서는 지적으로 할 수 있는 말이 없기 때문이지요. 원래 모두가 죽었어야 하는 거고, 어떤 말도 절대 하지 말아야 하는 거고, 다시는 어떤 것도 바라지 않아야 하는 거지요.

소설의 구성이 특이한 편인데, 첫 번째로 제1장에서는 '나(작가 본인)'가 중심인물로 나오고, 2장부터 마지막 장까지 빌리 필그림Billy Pilgrim이라는 인물이 주인공으로 등장한다. 하지만 서술자는 여전히 '나'이며 종종 상황이 전개될 때 자신의 의견 등을 말하곤 한다. 두 번째로는 이야기가 시간 순으로 이어지지 않는다는 점이 특이하다. 빌리 필그림이 자신의 의지와는 상관없이, 그리고 끊임없이 자기 삶의 이 순간 저 순간으로 시간여행을 하기 때문이다. 따라서 여러모로 기존 소설의 틀을 깨트린 포스트모더니즘적인 소설이라고 평가된다.

476 이 영국인들은 알 도리가 없었지만, 초와 비누는 유대인과 집시와 동성애자와 공산주의자를 비롯한 국가의 적들의 지방을 녹여 만든 것이다. 뭐 그런 거지.

477 사실 트라우트는 돈 나무에 관한 책을 쓴 적이 있었다.
그 나무에는 잎 대신 20달러짜리 지폐가 달렸다.
꽃은 국채였다. 열매는 다이아몬드였다.
이 나무는 인간들을 끌어들였고, 이들은 뿌리 주위에서 서로 죽여 아주 좋은 거름이 되어주었다. 뭐 그런 거지.

478 EVERYTHING WAS BEAUTIFUL, AND NOTHING HURT.
모든 것이 아름다웠고, 어떤 것도 아프지 않았다.

479 그들의 주소는 '슐라흐토프-퓐프Schlachthof-funf'였다.
슐라흐토프는 도살장이란 뜻이었다. 퓐프는 너무나도 친근한 5였다.

480 그게 지구인이 배울 수도 있는 점 한 가지입니다. 열심히 노력한다면요. 끔찍한 시간은 무시해라. 좋은 시간에 집중해라. 우리는 기분 좋은 순간들을 보면서 영원한 시간을 보냅니다—동물원의 오늘처럼

말입니다.

주인공 빌리 필그림은 시간과 시간 사이를 떠돌며 여행한다. 제2차 세계대전 벌지 전투의 독일군 전선 후방으로, 포탄이 쏟아지는 드레스덴의 도살장으로, 트랄파마도어 행성의 동물원으로, 뉴스가 넘치는 뉴욕으로, 수소폭탄 공격을 받았다 재건된 시카고로. 유쾌하고 황당한 이야기 뒤에 숨어 있는 비관론과 허무주의, 그리고 인간에 대한 강한 희망이 남아 있는 이 이야기는 시간의 선행적인 구조를 벗어나 자유를 그린다.

작가: 커트 보니것 Kurt Vonnegut, Jr. **1922~2007**

알렉산드르 솔제니친, 헌터 S. 톰슨 등과 함께 20세기 마지막의 굵직한 대문호 중 하나였고, 아서 클라크, 아이작 아시모프 등과 함께 최후의 본격 SF 작가 중 하나였다고 평가된다. 미국 본토에서는 20세기의 마크 트웨인이라 불릴 만큼 명망이 높았지만, 그 특유의 유머러스하면서도 허무주의적, 염세주의적인 내용들 때문에 호불호가 뚜렷하게 갈리는 작품을 썼다. 다음은 『마더 나이트』 서문에서 작가가 독자에게 던진 말이다. "당신이 죽었으면, 죽은 거다. 또, 당신이 할 수 있을 때마다 사랑을 나눠라. 그게 당신한테 좋은 것이다."

6-6

#디스토피아 #감정 통제 #불행해질 권리

『멋진 신세계』_올더스 헉슬리

만약 우리를 괴롭게 하는 감정을 약 하나로 제거해버릴 수 있다면, 세상은 어떻게 될까? 그러한 상상은 이미 많은 사람들이 상상한 바 있고 소설, 만화 등 여러 매체로 이야기를 만들었다. 과학이 최고도로 발달해 사회의 모든 면을 관리, 지배하고 인간의 인생과 자유까지 통제하는 미래 문명 세계를 그린 올더스 헉슬리의 『멋진 신세계』가 그런 세상을 그린 대표적인 작품이다. 올더스 헉슬리가 1932년에 발표한 이 작품은 금세기에 미래를 가장 깊이 있고 날카롭게 파헤친 작품 중 하나로 평가받고 있다.

481 기계가 돌아가고 있다. 아니, 기계는 돌아야만 한다. 기계가 돌아가지 않고 멈춰 서 있다는 것은 곧 죽음을 의미한다.

482 나는 이대로의 나 자신이 좋소. 비록 비참할지언정 이대로의 내가 좋단 말이오. 소마를 먹으면 아무리 즐거워진다고 해도 나는 내 자신이 되고 싶소.

483 게다가 그 친구가 말하는 소위 '영혼'이라는 것에 그

친구의 관심이 집중되어 있는 것도 그런 이유 때문인 것 같습니다. 야만인은 그 '영혼'이라는 것이 물질적인 환경과는 별개로 독립된 것이라고 하더군요.

484 이보게, 젊은 친구! 문명에는 고상한 것이건 영웅적이건 다 필요 없어. 이런 것들은 정치적 비효율성의 증상들이지. 우리처럼 제대로 조직된 사회에서는 그 어느 누구도 고상하거나 영웅적일 필요가 없어.

485 전쟁과 배신과 이겨내야만 할 유혹과 보호해야 할 사랑의 대상이 있는 곳에서나 '고상한'이라든가 '영웅적인'이라는 말이 통하는 거야.

가족이라는 유대가 사라진 세계, 죽음까지도 익숙해지도록 길들이는 훈련을 받는 세상에서 인간은 최소한의 존엄성과 인간적 가치, 그리고 스스로 생각할 자유마저 박탈당한다. 이곳 사람들은 태어날 때부터 다섯 계급으로 나뉘어 인류를 '맞춤형'으로 대량 생산한다. 하나의 난자에서 수십 명의 일란성 쌍둥이들이 태어나고, 이들은 끝없이 반복되는 수면 학습과 세뇌를 통해 어떠한 의문도 갖지 않고 정해진 운명에 순응한다. 노화도 겪지 않고, 책임도 도덕도 없이 문란한 성관계를 맺고, 정신적인 외로움도 느끼지 않는다. 그들에게는 오로지 쾌락과 만족감뿐이다. 정해진 노동 시간 이외에는 단순한 자극으로만 이루어진 오락들로 꽉 짜여 있으며, 혹 나쁜 기분이 들거나 고통스러운 일을 겪으면 항상 소마SOMA라는 약을 통해 마약 같은 쾌감을 경험한다.

486 그런데 미안한 말이지만 오늘날에는 전쟁이라는 것이 없어. 우리 누군가를 지나치게 사랑하지 못하도록 각별히 주의를 기울이고 있지.

487 또한 우리에게는 이겨내야만 하는 유혹이란 것도 없어. 왜냐하면 자연스런 충동들이 자유롭게 주어지기 때문이야.

488 하지만 나는 안락하고 즐거운 것을 원치 않습니다. 나는 신을 원하고, 시를 원해요. 뿐만 아니라 나는 참다운 위험을 원하고, 나는 자유를 원하며, 선량함을 원합니다. 그리고 나는 죄를 원합니다.

489 "(…) 자네는 불행하게 될 권리를 요구하고 있는 셈이군." "저는 그것으로 좋습니다." (…) "나는 불행하게 될 권리를 요구하고 있는 것입니다."

490 그 작업은 그를 몹시 신나게 했다. 런던에서 아무 일도 하지 않고 몇 주일을 보내며, 무엇인가를 하고 싶다고 생각해도 언제나 스위치를 누르거나 핸들을 돌리는 것 말고는 아무것도 하지 않은 터였으므로, 솜씨와 끈기가 필요한 무엇인가의 일을 하는 것은 정말 신이 났다.

소마라는 가상의 약은 마약과도 같아서, 사람들의 정신을 지배하고, 사고할 능력을 빼앗는다. 때문에 이 완벽한 곳에서는 누구나 다 행복하다. 그러던 어느 날, 신세계와 격리된 원시 지역에 살고 있던 '야만인' 존이 우연히 이곳에 초대받는다. 그는 처음 보는 고도의 과학 문명과 모든 것이 완벽하게 설계된 세계에 감탄하지만, 소수의 지배자들에게 통제받으며 조작된 행복에 길들여진 가축과 같은 사람들의 모습에 점차 환멸을 느낀다. 결국 그는 문명에 절망하고 좌절한 채 다시 원시 지역으로 떠나간다는 내용의 이 소설은 매우 인상적인 디스토피아 소설이다.

작가: 올더스 헉슬리 Aldous Huxley, **1894~1963**

올더스 헉슬리가 글을 쓸 때 목표한 방향은 '올바르면서 알기 쉽게'이다. 즉, 글을 쓸 때 정확도와 가독성을 가장 중요하게 신경 쓴 것이다. 올더스는 올바르면서 알기 쉬운 글이 가장 쓰기 힘들면서, 가장 좋은 글이라고 생각했다. 대학생 시절부터 이미 문학계에서 꽤나 기대 받는 유망주로 평가받고 있었으나, 헉슬리의 본업이 소설가가 된 것은 **20**대 후반이었다. 그는 『**1984**』의 작가인 조지 오웰(본명은 에릭 아서 블레어)과 대면한 적도 있는데, 그때에도 조지 오웰은 헉슬리를 훌륭한 자질을 가진 사람이라고 평가했다고 한다. 유명한 작가이긴 했지만, 사망 당일 케네디도 숨을 거두었기 때문에 그의 죽음이 다소 묻혔다는 일화가 있다.

6-7

#대하소설 #인간의 역사 #대문호

『전쟁과 평화』_레프 톨스토이

인간이 전쟁 없이 평화로웠던 시기는 세상에서 얼마나 될까? 『전쟁과 평화』는 등장인물만 599명이나 되는 거대한 역사 · 인간 드라마다. 톨스토이는 작품의 줄거리를 전개하면서 전쟁 상황과 평화로운 삶의 모습을 번갈아 보여준다. 주인공들은 전쟁과 삶 사이를 오가면서 사랑과 증오, 삶과 죽음의 의미를 깨달아간다. 그리고 역사의 소용돌이 속에서 새로운 삶과 그 의미를 발견한다. 전쟁과 평화는 역사적 사건을 기록한 역사 소설일 뿐 아니라 전쟁 상황을 통해 삶의 의미와 사랑을 깨닫는 일련의 과정을 통해서 예술적으로도 그 가치를 인정받고 있다.

491 미지와 공포라는 무시무시한 선이, 마치 산 자와 죽은 자를 나누는 듯한 선이 그들을 가르며 놓여 있었다. 모든 사람들이 이 선을 느끼고 있었다. 그리고 이 선을 넘을 것인가 말 것인가, 어떻게 넘을 것인가 하는 물음이 그들을 동요하게 만들었다.

492 내가 아는 한 실제의 악은 두 가지야. 양심의 가책과

질병. 행복은 이 두 가지가 없는 상태지. 이 두 가지 악을 피하고, 자신을 위해 사는 것. 이것이 현재 내가 깨달은 전부야.

493 죽음은, 모든 것을 끝내는 죽음은 오늘이든 내일이든 반드시 닥쳐올 것이고, 영원에 비하면 그것은 찰나에 불과하다.

494 왜 나는 전에 이 드높은 하늘을 보지 못했을까? 그러나 이제라도 깨달았으니 나는 얼마나 행복한가. 그렇다! 모두 허무하다, 모두 거짓이다, 이 끝없는 하늘 외에는.

495 내가 만약 지금과 같은 모습이 아니라 세상에서 가장 아름답고 총명하고 훌륭한 인간이고 또 자유로운 몸이라면, 나는 이 순간 당장 무릎을 꿇고 당신의 손길과 사랑을 구원했을 겁니다.

톨스토이가 이 작품에서 의도한 것은 크림 전쟁의 패배로 상처 입은 조국의 영광과 국민정신의 위대함을 나폴레옹 군대를 패주시킨 1812년의 역사적 사건에 되돌아감으로써 회복시키는 일이었다. 톨스토이는 인류의 운명을 지배할 수 있다고 믿는 '오만한 인격' 나폴레옹에 대항해서 '운명에의 유순한 순종'의 체현자, 즉 러시아 농민병사와 그 사령관 쿠투조프가 승리한 것이 바로 러시아의 승리라고 보는 것이다. 지성이 높은 교만한 야심가 안드레이 공작은 나폴레옹의 숭배자였으나 죽음을 앞에 놓고 신의 법도는 자기 희생에 있음을 깨닫는다.

496 한 말은 은이고, 하지 않은 말은 금이다. 죽음을 두려워하는 자는 아무것도 가질 수 없다. 죽음을 두려워하지 않는 자가 모든 것을 갖는다. 고통이 없다면 인간은 자신의 한계를 모를 것이고, 자기 자신을 모를 것이다.

497 그는 육십 년의 경험으로 세상의 소문에 어느 정도의 무게를 두면 되는지 알았고, 사람들이 뭔가를 바랄 때 자기 희망을 확증하고자 온갖 정보를 배합하고, 희망에 모순되고 반하는 정보는 흔히 간과해버린다는 것을 알고 있었다.

498 그것은 질서이며, 온갖 상황의 집적이었다. 어떤 질서가 그를, 피에르를 죽이려고, 생명과 모든 것을 빼앗으려고, 말살하려고 하고 있었다.

499 세상의 고통 속에서, 죄 없이 받는 고통 속에서 이 삶을 사랑하는 것이야 말로 가장 어렵고 가장 커다란 기쁨이다.

500 자 이제부터는 어떻게 될까? 나는 이제부터 무엇을 하게 될까? 그러고는 자신에게 대답했다. 별것 없

다. 살아가면 된다. 아아, 정말 훌륭하다!

한편 세련되지 못한 낙천적 이상주의자 피에르도 또한 나폴레옹을 영웅시하고 있었으나 농민병사 플라톤 카라타예프와 만나 자기가 구하고 있던 진리를 찾게 된다. 그는 신의 의지를 믿으며 모든 것을 용인하고 거역하지 않는다. 톨스토이에게 있어 이러한 눈에 띄지 않는 민중이야말로 러시아 정신의 체현자이자 역사를 움직이는 주인공인 것이다. 이러한 작가의 고유한 가치관이 드러난 명작 소설을 읽으면 독자로서의 수준 또한 높일 수 있다.

작가: 레프 톨스토이 Leo Tolstoy, **1828~1910**

러시아의 세계적인 대문호이자 도덕적, 종교적 사색가이며 기독교적 아나키스트이다. 안톤 체호프는 톨스토이에 대해 다음과 같이 말했다. "문학이 톨스토이를 소유하고 있는 한 작가들에게 문학은 즐겁고 쉬운 것이다. 작가로서 아무것도 이루지 못했거나 아무것도 이루지 못할 것이라 인정하는 것도 비통한 일이 아니다. 톨스토이가 모두 해냈기 때문이다. 그의 작품은 사람들이 문학에 요구하는 모든 기대와 소망을 정당화해 준다."

6-8

#현대인 #부조리 #모두가 환자인 사회

『페스트』_알베르 카뮈

사람들이 재난 영화를 보는 까닭은 무엇일까? 그런 재난 영화의 흐름은 어디서 처음 나타난 걸까? 알베르 카뮈의 『페스트』는 전염병이 창궐하는 상황과 인간 존재를 다루는 소설이다. 제2차 세계대전의 전운이 감돌던 1940년대 프랑스령 알제리 북부 해안의 작은 도시 오랑Oran에서 갑작스럽게 흑사병이 발생하고, 그에 따라 외부와 격리 조치가 취해지면서 오랑 시는 외부와 단절되고 시민들은 고립된다. 그렇게 외부로부터 고립된 채 하루에도 수십, 수백 명씩 사람들이 죽어나가는 상황이 1년 동안 지속되면서 드러나게 되는 인간 존재의 실존을 철학적으로 다뤘다.

501 나는 인간들의 모든 불행이란 그들이 분명한 언어를 사용하지 않는 데서 비롯된다는 것을 알게 됐어요. 따라서 나는 정도를 걷기 위해 분명히 말하고 행동할 결심을 했습니다.

502 그렇지만 말이죠, 나는 성인들보다는 패배자들에게 더 많은 연대 의식을 느낍니다. 나는 영웅주의라든

가 성스러움 따위에는 취미가 없는 것 같습니다. 제가 관심을 갖는 것은 인간이 된다는 겁니다.

503 선생은 관념을 위해서는 죽을 수도 있다는 겁니다. 그런데 전 말이죠, 관념을 위해서 죽는 사람들이 이제는 신물이 납니다. 인간은 하나의 관념이 아닙니다, 랑베르.

504 병자란 부드러움을 필요로 하며 무엇엔가 기대기를 좋아한다. 그것은 아주 자연스러운 일이다. 그러나 오랑에서는 지나치게 거센 기후, 거기서 거래하는 사업의 중요성, 순식간에 지나가버리는 황혼, 쾌락의 특질 등 모든 것이 한결같이 건강한 몸을 요구한다. 이곳에서 병을 앓는 사람은 아주 외롭다.

505 가장 절망적인 악덕이란 전부 다 알고 있다고 믿고 그런 이유로 감히 다른 사람을 죽일 수도 있다고 생각하는 무지라는 악덕이다. 살인자의 영혼은 맹목적이며 가능한 최대의 혜안이 없다면 참된 선도 아름다운 사랑도 없는 법이다.

주인공이자 의사인 베르나르 리외, 그의 협력자인 말단 공무원 조제프 그랑, 기득권층 출신의 반항아 장 타루를 중심으로, 오랑에서 빠져나갈 수 있었음에도 결국 떠나지 않고 리외를 돕기로 결심하는 파리에서 온 신문기자 레이몽 랑베르, 흑사병을 타락한 인류에 대한 하느님의 징벌이라고 주장하는 판느루 신부, 흑사병으로 야기된 혼란한 상황을 이용하여 사리사욕을 챙기는 코타르 등이 등장한다.

506 처음 몇 주 동안은 사랑을 하고 싶어도 환영들 말고는 마주할 대상이 전혀 없다는 사실에 괴로워하곤 했지만, 그 후 추억이 그들에게 남긴 실낱같이 미세한 색깔마저도 다 잊어버리게 되자 그 환영마저 한층 더 야윌 수 있음을 깨달았다.

507 공공의 이익을 말씀하시려는 거지요. 그런데 공익이란 한 사람 한 사람의 행복으로 이루어지는 겁니다.

508 페스트는 모든 사람들에게서 사랑의 능력을, 심지어 우정을 나눌 힘조차도 빼앗아 가 버리고 말았다는 사실도 말해야겠다. 왜냐하면 연애를 하려면 어느 정도의 미래가 요구되는 법인데, 우리에게는 이미 현재의 순간 이외에는 남은 것이 없었기 때문이다.

509 천만에요. 인간은 오랫동안 고통을 참거나 오랫동안 행복해질 능력이 없습니다. 그러므로 인간이란 가치 있는 일은 아무것도 할 수 없습니다.

510 남들은 이렇게 말하죠. 〈페스트야. 우리가 페스트를 견뎌냈다니까.〉 자칫하다간 이건 뭐 훈장이라도 달라고 할 겁니다. 헌데 말입니다, 페스트란 대체

무엇인가요? 인생인 거죠, 바로 그거죠, 뭐.

모두에게 닥친 결코 피할 수 없는 재난적 운명 앞에서 인간은 어떤 선택을 하는가를 보여주고 있는 소설『페스트』는 실존주의 문학의 대표작일 뿐만 아니라, 대중적으로도 재난소설, 재난영화 등 장르의 출발점이라고도 할 수 있다. 여러 영화에서 다룬 것처럼, 통제 불능의 전염병이 퍼진 사회라면 우리는 어떤 인물상으로 돌변하게 될까? 생존을 위해서라면 어떤 것도 할 수 있는 인간으로서 이러한 소설을 읽으며 인간성을 되짚는 것이 필요할 것이다.

작가: 알베르 카뮈 Albert Camus, 1913~1960

노벨문학상 수상자인 알베르 카뮈는 소설가이기도 하면서 실존주의를 외친 사상가였다.『이방인』,『시지프스의 신화』와 같은 작품에서 그의 철학적 사유를 느낄 수 있다. 카뮈는 전쟁, 정치적으로 혼란스러운 사회를 겪으며 인간의 부조리에 대해 치열하게 써내려갔다. 그는 삶이 얼마나 무의미한 것인지, 그리고 그 무의미 너머에 어떤 것이 있는지 탐구했고, 그의 말에 집중해 보면, 인생의 참된 알맹이에 한 층 더 가까워질 수 있을 것이다.

제7장

문학의 정수를 맛보다

_세계의 명시(名詩) 속 한 문장

소설이 아닌 시 또한 세계적으로 문학에서 빼놓을 수 없는 장르입니다. 오히려 소설보다 시의 역사가 더 길다고도 할 수 있습니다. 언어가 함축되었기 때문에 다소 난해하고, 해석이 필요한 부분이 있지만, 그럼에도 불구하고 인간의 직관적인 감각을 건드리는 시어(詩語)는 그 뜻을 설명할 수는 없어도 감정을 공유할 수 있는 특별한 언어입니다. 21세기에서 중요한 능력은 바로 창의력입니다. 시에 담긴 공백은 독자가 채워 넣는 부분이며, 따라서 좋은 시는 독자를 성장하게 만들어 줍니다. 창의적인 사람이 되고 싶으신가요? 오로지 언어만을 사용하여 치열하게 예술의 영역을 탐구했던 시인들의 시를 소개합니다.

7-1

#낭만주의의 끝 #현대시의 아버지

『악의 꽃』_샤를 보들레르

프랑스에서 시작된 현대시의 역사는 보들레르로부터 시작된다. 그의 시집 『악의 꽃』은 서구 역사에서 화제가 된 시집으로 뽑히고 상징주의에 기초한 시의 효시로 뽑히는 시집이다. 1857년에 출간되었으나 외설 혐의로 재판에 회부되었다가 시 6편 삭제로 재출간이 허용되었다. 초판은 약 80여 편 정도였지만, 6편이 삭제되자 보들레르 본인이 40여 편 이상을 추가하여 재출간하였다고 전해진다.

511 그놈은 바로 권태!—눈에는 무심코 흘린 눈물 고인 채 / 담뱃대 빨아대며 단두대를 꿈꾼다. / 그대는 안다, 독자여, 이 까다로운 괴물을, / —위선자 독자여, —내 동류, —내 형제여! 「독자에게」 中

512 시인도 이 구름의 왕자를 닮아, / 폭풍 속을 넘나들고 사수를 비웃건만, / 땅 위, 야유 속에 내몰리니, / 그 거창한 날개도 걷는 데 방해가 될 뿐. 「알바트로스」 中

513 오 이 괴로움이여! 시간은 생명을 좀먹고, / 이 보이지 않는 원수는 우리 심장을 갉아먹어 / 우리가 잃

은 피로 자라고 튼튼해진다! 「원수」 中

514 이토록 무거운 짐을 들어올리려면, / 시지푸스여, 그대의 용기가 필요하리! / 아무리 일에만 전념한다 해도 / 예술은 길고 시간은 짧은 것 「불운」 中

515 그녀는 하염없이 울고 있다, 인생을 살아왔기에! / 그리고 지금도 살고 있기에! 하지만 그녀가 특히 한탄하는 건, / 그녀의 무릎까지 떨게 하는 건, / 아, 슬프다! 내일도 살아야 하기에! / 내일도 모레도 그리고 언제까지나!-우리들처럼! 「가면」 中

시인이 시집을 낸다는 건, 자신의 생명과 시간을 조탁한 언어의 집을 독자들에게 보여주는 것이다. 보들레르는 이 시집을 '세상의 모든 고통을 담아 놓은 사전'이라고 자평했다. 그의 생명과 시간의 집인 시집에 거주하는 고통들을 통하여 우리는 그 '상징'의 숲으로 걸어 들어간다. 시인은 '상징'이란 '영혼이 초자연적인 어떤 상태에 있을 때 아무리 평범한 풍경이나 사물일지라도 그 속에 생명의 깊이가 그대로 드러날 수가 있다. 이것이 곧 상징이 된다'라고 쓴다.

516 내겐 천년을 산 것보다 더 많은 추억이 있다. 「우울」 中

517 노상 내 곁엔 악마가 꿈틀거린다; / 놈은 만질 수 없는 공기처럼 내 주위에 감돈다; / 놈을 삼키면 내 허

파는 타는 듯하고, / 영원한 죄악의 욕망으로 가득 차는 듯하다. 「파괴」 中

518 이따금 나는 내 피가 철철 흘러감을 느낀다, / 장단 맞추어 흐느끼는 샘물처럼. / 긴 속삭임으로 흐르는 소리 분명 들리는데, / 아무리 더듬어보아도 상처는 찾을 수 없다. 「피의 샘」 中

519 오 죽음이여, 늙은 선장이여, 때가 되었다! 닻을 올리자! / 우리는 이 고장이 지겹다, 오 죽음이여! 떠날 차비를 하자! / 하늘과 바다는 비록 먹물처럼 검다 해도, / 네가 아는 우리 마음은 빛으로 가득 차 있다! 「여행」 中

520 자정을 울리는 괘종은 / 조롱하며 우리를 촉구한다. / 지나간 날을 어떻게 보냈는지 / 돌이켜 생각해 보라고 「자정의 성찰」 中

“내 인생은 처음부터 저주받았음이 틀림없습니다. 이러한 운명은 평생 계속되었지요.” 시인은 이렇게 자신은 태어나면서부터 저주를 받았다고 회고했다. 프랑스, 파리의 우울, 악의 꽃, 댄디즘. 시인을 생각하면 떠오르는 단어다. 19세에 이미 현대성을 획득한 이 천재 시인은 자신의 태생을 ‘저주’라는 무서운 단어와 결부시켰다.

작가: 샤를 보들레르 Charles Pierre Baudelaire, 1821~1867

프랑스의 대표하는 시인이자 평론가. 상징주의 시집인 『악의 꽃』으로 유명하다. 그의 시편 중 「취하라」는 한국 드라마 〈미생〉에도 인용되어 낭독되기도 하였다. 후에 랭보, 말라르메, 발레리 등의 시인들에게 대대로 영향을 미쳤다.

7-2

#열여섯 #천재 시인 #방랑자

『지옥에서의 한 철』_아르튀르 랭보

19세기 후반 프랑스 상징주의 시의 선구자 중 한 명으로 일컬어지는 장 니콜라 아르튀르 랭보는 프랑스 문학사에서 유례를 찾기 힘들 만큼 독특하고 특이한 시인으로 우리에게 다가온다. 그의 파란만장한 실존적 삶이 그러했고, 또 짧은 문학 생애를 통해 남겨진 시인의 독창적인 시 세계가 그러하다.

521 난 하늘 아래 걸었고, 시의 여신이여! 난 그대의 충복이었거늘. / 오! 라 라! 나는 얼마나 많은 눈부신 사랑들을 꿈꾸었던가! 「나의 방랑」 中

522 검은 A, 하얀 E, 붉은 I, 초록 U, 파란 O: 모음들이여, / 언젠가 난 너희들의 은밀한 탄생을 말하리라. 「모음들」 中

523 별은 그대의 귓속 깊은 곳에서 장밋빛으로 울었고, / 무한은 그대의 목덜미에서 허리까지 하얗게 굴러갔다. 「별은 장밋빛으로 울었네…」 中

524 나는 도망쳤다. 오 마녀들이여, 오 비참함이여, 오 증오여, 내 보물은 바로 너희들에게 맡겨졌노라!

「서시」 中

525 그는 이렇게 말하죠. '난 여자들을 사랑하지 않아. 알다시피, 사랑은 다시 창조되어야 해.' 「헛소리 1. 분별없는 처녀-지옥의 남편」 中

그는 당시 파리 문학계의 유명 인사였던 베를렌에게 편지를 보내고, 그의 대표적인 작품인 「취한 배」를 가지고 파리로 가 그를 만난다. 이후로 유명한 두 사람 사이의 일화가 펼쳐지게 된다. 막 결혼해 신혼살림을 꾸리고 있었고, 랭보보다 10년이나 연상인 베를렌은 가정을 버리고 랭보와 함께 유럽 전역을 돌아다니게 된다. 그러나 두 사람의 성격은 판이하고 또한 추구하는 문학적 성향도 달라, 결국 다툼 끝에 브뤼셀에서 베를렌이 랭보에게 총을 쏜다. 이로 인해 베를렌은 감옥에 가게 되고 랭보는 고향으로 돌아간다. 이때 고향에서 쓴 작품이 바로 『지옥에서의 한 철』로, 유일하게 시인 자신이 펴낸 산문 시집이다.

526 나의 의무가 내게 다시 맡겨졌다. 이제 더 이상 그것을 생각조차 하지 말아야 한다. 나는 실제로 무덤 저편에 있다. 그래서 사명은 없다. 「삶들」 中

527 상처 없는 영혼이 어디 있으랴? 「굶주림」 中

528 정말, 난 너무 울었네! 새벽은 비통하고, / 달은 온

통 끔찍하며 태양은 참으로 가혹하네. / 쓰라린 사랑은 황홀한 마비 상태로 날 부풀려 놓았지. / 오 나의 선체가 산산조각 나기를! 오 내가 바다에 이르기를! 「취한 배」 中

529 게으른 청춘 / 온갖 것에 굴종하고 / 허약한 나머지 / 나는 내 삶을 잃었도다 / 아! 마음들이 열에 들뜨는 / 시간이여 오라. 「가장 높은 탑의 노래」 中

530 나는 다시 보았다. / 무엇을? 영원을. / 그것은 푸른 바다에 녹아드는 붉은 태양. 「영원」 中

랭보와 베를렌의 일화를 다룬 영화로는 〈토탈 이클립스〉가 있는데, 이때 젊은 시절의 레오나르도 디카프리오가 랭보 역할을 맡아 미소년 천재 시인 이미지를 매우 잘 표현한 바 있다. 〈토탈 이클립스〉는 아르튀르 랭보와 폴 베를렌 사이의 열정적이지만 폭력적인 관계에 대한 이야기이다. 결혼 후 관계에서 권태를 느끼던 베를렌은 랭보의 문학적 재능과 아름다운 외모에 이끌려 그와 동성애 관계를 맺는다. 그러나 그들은 경제적인 문제로 자주 다툰다. 어느 날 랭보가 베를렌에게 절교를 선언하자 베를렌은 랭보의 손을 권총으로 쏘고 만다.

작가: 아르튀르 랭보 Jean Nicholas Arthur Rimbaud, 1854~1891

프랑스의 시인으로, 폴 발레리나 말라르메 등의 후기 상징주의 작가들과 프랑스 현대시 구축에 막대한 영향을 준 것으로 평가된다. 랭보가 본격적으로 시를 쓴 기간은 15~20세로 5년밖에 되지 않는다. 어린 나이에 시문학의 중심에 우뚝 선 그는 현대까지도 문단에서는 가히 천재라고 일컬어진다.

7-3
#현대시 #보들레르의 후예 #자연

『목신의 오후』_스테판 말라르메

'현실 너머에는 아무것도 없는 무(無)의 세계지만 이 완전한 공허 속에 완벽한 형태의 본질이 숨어 있다.'

자기 삶을 끊임없이 갈구하며 성찰하면서 심층의 미로찾기를 열망했던 그는 비어 있는 이 세계에서 가장 완벽한 형태의 실체를 구현하고자 시를 썼다. 그것은 가상형식을 통해서 본래형식에 접선(接線)하는 것이 궁극적인 목적이 된다. 여기서 가상형식은 현재의 내가 저당 잡혀 있는 곳을 말하면서 가상의 형태로 배치되어 있는 '나'이다. 즉, 경험적 자아를 말한다.

531 오! 육체는 지쳤고, 나는 모든 책을 읽었노라. 「바다의 미풍」 中

532 목신이여, 환영은 지극히 순결한 여인의, / 눈물의 샘 같은 차갑고 푸른 눈동자를 벗어난다. 「목신의 오후」 中

533 인공적이고 평화로운, / 일찍이 본 적 없는 고도로

회귀하는 영감의 가시적 숨결. 「목신의 오후」 中

534 저의 순수한 빛이 이곳에 지정해 준 유령의 모습, / 무용한 유형 속에서, 백조의 신세로 하여 얻어 입은 차디찬 모멸의 꿈에 / 가만히 멈추어 몸을 맡긴다. 「백조」 中

535 너는 너의 눈꺼풀이 눈물로 녹인 허식을 맛보리라 / 그것이 과연 네가 때린 가슴에 / 푸른 하늘이나 돌의 무감각을 주는지 어떤지 보기 위해 「여름의 슬픔」 中

창조란 없는 것을 보여주는 것이 아니라 만들어내는 것이다. 뭔가를 보여주는 것과 만들어내는 것은 전혀 다르다. 모든 예술은 2차원적 존재형식에서 출발하기 때문에 우리가 추구하는 세계는 모두 가상의 무대에서 창조된다. 그것은 곧 1차원적 세계를 통해서 2차원적 세계를 창조한다는 말인데 여기서 1차원은 물질의 세계를 말하고 2차원은 정신의 세계를 말하는 바이다.

536 그리하여, 현자의 유일한 꿈만 지닌 죽음이 그렇듯, / 평온하게 나는 젊은 풍경을 골라 / 찻잔 위에 그려 보리, 저만치 외떨어지게, / 가늘고 파리한 하늘빛 선 하나가 / 민무늬 백자 하늘 가운데 호수 하나를 이루련가, 「쓰라린 휴식이 지겨워」 中

537 아름다운 취기에 젖어 / 배의 요동을 두려워 않고 / 내 일어서 이 술잔을, // 고독, 암초, 별의 술잔을 들어 / 우리들 돛이 받아 안은 / 그 백색의 모든 심려에 인사한다 「인사」 中

538 그리하여 나는 빛의 모자를 쓴 선녀를 / 보는가 싶었더라. / 옛날 응석받이 적 내 고운 잠 위로 지나가며, / 채 오무리지 못한 그의 두 손에서 / 언제나 향기 어린 별들의 하얀 꽃다발들 / 눈처럼 쏟아지게 하던 그 선녀를. 「환영」 中

539 대부분 밤의 행렬 속에 헐떡거리며, / 제 피가 흐르는 것을 보리라는 행복에 도취하였으니, 오 죽음이여 그들 고집스런 입술에 단 한 번의 입맞춤을! 「불운」 中

540 내 마음은, 오 조용한 누이여, 어느 가을이 / 주근깨를 둘러쓰고 꿈꾸는 그대의 이마를 향하여, / 그대의 천사 같은 눈에 떠도는 하늘을 향하여, / 어느 우수 어린 정원에서 하얀 분수 하나, / 열심히 솟아오른다오, 탄식하듯 창공을 향하여! 「탄식」 中

말라르메의 시를 읽고 또 하나의 세계에 마음이 꽂혀 있다는 것은 즐거운 일이다. 시란 끊임없이 발견하는 미학이다. 그것은 사유의 접착력이 강한 시일수록 끌어당기는 힘이 강한데 미처 몰랐던 시의 세계를 우연한 기회에 발견했을 때의 기쁨은 생각보다 크다.

작가: 스테판 말라르메 Stephane Mallarme, 1842~1898

13, 14세부터 시작(詩作)을 시도하여 생전에 발표되지 않은 소년시절의 시는 50편이 넘으며, 1857년에 포와 보들레르의 존재를 안 것이 그의 일생의 진로를 결정하였다. 특히 1861년 보들레르의 시집에 커다란 영향을 받았으며 그것을 극복하여 독자적인 시를 만드는 일이 목표가 되었다. 1871년 파리에 정주할 때까지 지방의 고등중학교 영어교사를 역임하는 동안에 에드거 앨런 포의 시를 읽고 "세계가 바로 그것을 위해서 존재하는, 쓰여져야 할 유일무이의 순수 저작"이라는 목표를 가진 시를 쓰게 되었다.

7-4

#유대인 #아우슈비츠 #비극의 희생양

『죽음의 푸가』_파울 첼란

파울 첼란은 나치의 학살에서 살아남은 유대인으로서 '숨 돌림'으로써의 시를 쓰다가 자살로 생을 달리한 시인이다. 그는 1960년 게오르크 뷔히너 상을 받으면서 수상 소감으로 시론을 발표한 바 있다. 그는 독일어로 시를 썼는데, 독일에게서 박해를 받으면서 독일어로 시를 써야 했다는 점은 매우 시사하는 바가 크다는 평가를 받고 있다.

541 우리는 / 손이었다, / 어둠을 남김없이 퍼냈다, 찾았다 / 여름을 타고 올라온 단어. / 꽃. 「꽃」 中

542 이 모든 너의 / 슬픔 너머에, 없다 / 두 번째 하늘은. 「운하 수문」 中

543 새벽의 검은 우유 우리는 마신다 저녁에 / 우리는 마신다 점심에 또 아침에 우리는 마신다 밤에 / 우리는 마신다 또 마신다 「죽음의 푸가」 中

544 사랑아, 너 또한 갈대이고 우리 모두 비(雨)여라. 「마리아네」 中

545 그가 문밖으로 나가자, 비가 그를 따라갔지. / 우리

는 죽었는데 숨은 쉬었지. 「프랑스 추억」中

「죽음의 푸가」는 시 전체가 푸가처럼 같은 어구가 반복되고 그 사이에 새로운 어구들이 등장하며 웅장한 예배당에 들어온 듯한 느낌을 주는 시다. 마치 바흐의 푸가가 처음부터 화음을 사용하는 것이 아니라 베이스의 멜로디를 바탕으로 같은 구절과 변주가 돌림노래처럼 쌓이고 섞이며 꾸준히 나아가는 것처럼, 첼란은 일상적인 어구들을 통해 우리를 지독한 생존의 세계로 이끈다.

546 상복을 입어 나는 더욱 검고, 더욱 벌거벗었다. / 배반하며 나는 비로소 충실하다. / 나는 나이면서 너다. 「먼 곳의 찬양」中

547 너희에게 어둠이 다다르거든, / 내 이름을 불러라, / 나를 내 이름 앞으로 끌어가라. 「무적 속으로」中

548 자주, 내가 더듬거려야 할 때, / 수의는 잊었던 주름을 잡고, / 지금의 나인 이가 용서한다, / 지난날 나였던 이를. 「수의」中

549 늦은 화살, 영혼이 당겼다. / 더 세찬, 화살 나는 소리. 더 가까운 이글거림. 두 세계. 「그림 하나 아래로」中

550 오라. 가라. / 사랑이 그 이름을 지운다. 사랑이 / 스스로를 그대에게 양도한다. 「열두 해」中

그의 모국어는 독일어였으며, 어렸을 때 어머니와 읽으면서 자란 문학의 언어이기도 했다고 한다. 나치 집권 당시 독일이 그의 어머니를 비롯한 그의 혈족을 모두 죽이면서 독일어는 그의 모국어인 동시에 '살인자'의 언어가 되어 버린 것이다. 그럼에도 그는 독일어로 시를 썼다. 그 모든 것을 기억하는 이가 죽음과 너무 가까운 경험을 한 후 독일어로 시를 써 일종의 '명인'의 경지에 도달한 것이다.

작가: 파울 첼란 Paul Celan, **1920~1970**

처음에는 의학을 공부하였으나 전쟁으로 중단하고 소련군 점령 후에는 빈으로 피신하여, 그곳에서 **1947**년 최초의 시집을 발표하였다. **1948**년에 프랑스 시민권을 얻어 파리에서 살면서 프랑스어 · 러시아어 어학교사 겸 번역가로 일하면서 시인으로 활약하였다. 아우슈비츠 이후 프랑스 시인 에드몽 자베스와 더불어 가장 돋보인 유대계 시인으로 손꼽힌다.

7-5

#잠언 #생활의 지혜 #예언

『예언자』_칼릴 지브란

칼릴 지브란의 시집 『예언자』는 앞서 소개한 현대시와는 조금 다른 장르라고 볼 수 있다. 삶의 지혜를 짧은 잠언 형식으로 적은 이 시집은 전 세계적으로 많은 사랑을 받았는데, 그만큼 누구나 쉽게 읽고 이해할 수 있으며 실천할 수 있는 지혜를 담고 있기 때문이다.

551 그대들이 언덕 위 하얀 버드나무의 시원한 그늘 아래 앉아, 멀리 보이는 아득한 들판과 초원의 싱그러운 평화로움과 고요함을 느긋이 맛볼 때면, 마음속으로 조용히 말하십시오. '신께서 이성 안에 머무르고 계신다.'

552 허나 폭풍이 마구 몰려오고 거센 회오리 바람이 숲을 흔들며 천둥 번개가 요란하게 하늘의 장엄함을 고함지를 때면, 두려운 마음으로 말하십시오. '신께서 열정으로 움직이신다.'

553 사랑이 그대들에게 손짓하거든 따르십시오. 그 길이 가파르고 험난하다 하여도, 사랑의 날개가 일렁

이거든 몸을 내맡기십시오.

554 사랑은 저 자신 외에는 아무것도 주지 않으며, 사랑은 저 자신 외에는 아무것도 취하지 않습니다. 사랑은 소유하지 않으며 소유되지도 않습니다. 사랑은 다만 사랑으로 충분하기 때문입니다.

555 서로가 서로를 끊임없이 사랑하십시오. 그러나 사랑의 서약에 사로잡히거나, 그것을 맹신하지 마십시오. (…) 마치 기타의 줄들이 하나의 음악에 함께 울릴지라도 각기 서로 떨어져 있는 것처럼. 서로 마음을 주되 서로의 마음을 가지려 하지 마십시오.

그는 예술을 통해 인류의 평화와 화합, 종교적 단합을 호소했다. 그의 문장에는 종교와 문학, 철학과 같은 인문학의 정신이 깃들어 있다. 그는 화가로서도 인정받는 다재다능한 사람이었고, 사랑에 대해서도 많은 이야기를 남긴 로맨티스트였다. 그는 단정한 기독교적 색채와 더불어 반항아적인 면모를 숨기지 않고 드러내어 독특한 개성을 보여준다.

556 그대가 가진 것이란 무엇인가? 그것은 내일 부족할 것을 염려해 간직하고 지키는 것일 뿐.

557 그대들은 자주 이렇게 말한다. / 나는 주리라. / 그러나 오직 받을 자격이 있는 자에게만.

558 그대의 기쁨은 가면을 벗은 슬픔. / 기쁠 때 그대 가슴 깊이 들여다보라. / 그러면 알게 되리라. / 그대에게 슬픔을 주었던 바로 그것이 그대에게 기쁨을 주고 있음을.

559 판단력과 욕망을 그대 집에 온 소중한 두 손님처럼 맞이하라. / 어느 한 손님을 다른 손님보다 더 소중히 여기지 말라. / 한 손님에만 마음을 쏟으면, 결국 양쪽 모두의 사랑과 신뢰를 잃을 것이기에.

560 악이란 다만 배고픔과 목마름으로 고통받는 선이 아니고 무엇인가? 그렇다, 선이 굶주리면 어두운 동굴에서도 음식을 찾으며, 목이 마르면 썩은 물도 마신다.

그의 시에는 현대시와 달리 경구처럼 삶의 지혜가 가득 담겨 있다. 우리도 그의 시집에서 받은 지혜를 낭비하지 않고 실천에 옮긴다면 한층 더 높아진 삶의 질을 누리면서 행복한 삶으로 한 걸음 내딛을 수 있을 것이다.

작가: 칼릴 지브란 Kahlil Gibran, 1883~1931

철학자, 화가, 소설가, 시인으로 유럽과 미국에서 활동한 레바논의 대표작가. 인생에 대해 근원적인 문제를 제기하고, 그에 대한 답을 깨닫게 하는 『예언자』는 현대의 성서라고 불리면서 소설 『부러진 날개The Broken Wings』와 함께 세계 각국어로 번역되어 전 세계 독자들에게 시공을 초월한 사랑을 받고 있다.

7-6

#4월은 잔인한 달 #서정시의 달인 #황폐해진

『황무지』_T.S. 엘리엇

20세기의 시 중 가장 중요하다고 꼽히는 시 중에는 T.S. 엘리엇의 장시인 『황무지』가 있다. 4월은 가장 잔인한 달, 이라는 수식어는 전 세계적으로 유명한 시구인데, 이는 그가 남긴 전쟁의 참상을 또렷하게 알려주는 시구이기도 하다. 그가 집필한 시와 시극은 많은 이들에게 사랑받았다.

561 사월은 가장 잔인한 달, / 죽은 땅에서 라일락을 기르고 / 기억과 욕망을 뒤섞고 / 잠든 뿌리를 봄비로 자극한다. 「황무지」 中

562 겨울은 우리를 따뜻하게 지켜 주었다. / 대지를 망각의 눈으로 덮고 / 마른 구근으로 보잘것없는 생명을 연명시켰다. 「황무지」 中

563 작년에 자네가 뜰에 심은 시체에 / 싹이 트기 시작했나? 올해엔 꽃이 필까? 「죽은 자의 매장」 中

564 자신의 이름을 생각하고, 생각하고, 또 생각하며 음미하는 시간 / 말할 수 없는, 말로 하되 / 말로 표현할 수 없는 / 깊고 불가해한 단 하나의 이름 「고양이

이름 짓기」中

565 우리는 바다의 방에 머물렀었다 / 적갈색 해초를 휘감은 바다처녀들 곁에 / 이윽고 인간의 목소리들이 / 우리를 깨우고 / 우리는 익사한다 「J.A. 프루프록의 연가」中

시의 제목인 황무지는 제1차 세계대전 직후 황폐해진 세계와 시인 본인의 생활을 의미한다. 여기서 황폐해진 세계란 단순히 전쟁으로 인해 피범벅이 된 황무지라기보다는 정신적으로 불구자가 된 유럽 사회를 가리키는데, 엘리엇은 당시 서구 사회가 예수의 부활 같은 그 어떠한 부활의 믿음도 더 이상 인간의 일상에 있어 그 중요함과 가치를 제공할 수 없게 되었고, 이 시를 통해 황폐해진 유럽의 정신적 상황과 현대문명의 비인간성을 고발하고자 했다.

566 나는 내 영혼에게 말했다. / 고요하라. 그리고 기다려라. 희망 없이. / 희망이란 그릇된 것을 위한 희망일지니; 「네 개의 사중주」中

567 네 손으로 입을 한 번 훔쳐라, 그리고 웃어라; / 세상이 공터에서 땔감을 줍는 / 늙은 여인들처럼 돌고 있다. 「전주곡들」中

568 이렇게 그는 떠났겠지요 / 마치 영혼이 찢겨져 상처난 육체를 떠나듯이, / 마음이 자기가 사용해 버린

몸을 떠나듯이 「우는 처녀」 中

569 생활 속에서 잃어버린 우리의 삶은 어디에 있는가. / 지혜 속에서 잃어버린 우리의 생활은 어디에 있는가. / 지식 속에서 잃어버린 우리의 지혜는 어디에 있는가. / 정보 속에서 잃어버린 우리의 지식은 어디에 있는가. 「바위」 中

570 세상이 이렇게 종말을 맞이한다 / 세상이 이렇게 종말을 맞이한다 / 세상이 이렇게 종말을 맞이한다 / 쿵 소리 한 번 없이 흐느낌으로. 「텅 빈 사람들」 中

'4월은 가장 잔인한 달'이라는 첫 행의 암시적(이고 또 어떤 면에서는 풍자적이기까지 한) 시구에 제시되듯이, 삶이 곧 죽음이 되는 역설적 상황을 통해 작가는 구원의 미래를 예견한다. 그러나 망자의 시체에서 어떤 꽃을 피울 것인가의 문제에 있어서는 과거의 전통을 지켜보고 현대를 살아가는 인간들 속에 스며들어 있는 그 전통적 정신의 유산을 발견해 내려는 관찰력이 필요하다.

그런데 하필 4월이 왜 가장 잔인한 달일까? 4월은 진정한 재생을 가져오지 않고 공허한 추억으로 고통을 주기 때문이다. 4월은 재생을 원치 않는 사람들에게 재생을 요구하기까지 한다. 그래서 작가는 4월을 가장 잔인한 달이라고 풀어냈을 것이다.

작가: T.S. 엘리엇 Thomas Stearns Eliot, **1888~1965**

극작가로서 활약하기 전에는 시 『황무지』로 영미시계(英美詩界)에 큰 변혁을 가져오게 하였으며, 또한 비평가로서도 뛰어나 일약 유명해졌다. 「스위니 아고니스티이즈」(1926~1927), 「바위」(1934), 「사원의 살인」(1935), 「가족재회」(1939), 「칵테일 파티」(1949), 「비서」(1953), 「노정치가(老政治家)」(1958) 등의 희곡을 발표하였는데 모두 운문으로 쓰여 있다. 그가 종교극, 또는 희극 등의 형식으로 추구하고 있는 것은 항상 인간의 구제에 그 목적을 두고 있는 것이며 「사원의 살인」, 「칵테일 파티」 등은 특히 뛰어난 작품이다.

7-7
#일제강점기 #별 헤는 밤 #의문사

『하늘과 바람과 별과 시』_윤동주

지금까지 전 세계의 유명 시를 살펴보았지만, 한국인에게는 한국인의 정서로 와 닿는 아름다운 시가 존재한다. 윤동주는 국내에서 매우 사랑받는 시인이다. 교과서에서도 접할 수 있는 그의 명시는 매우 오랫동안 사랑받고 있고, 그의 일생을 다룬 영화도 있을 정도로 일제강점 시기의 위인으로서 많이 알려져 있다.

571 죽는 날까지 하늘을 우러러 / 한 점 부끄럼이 없기를, / 잎새에 이는 바람에도 / 나는 괴로워했다. 「서시」中

572 우물 속에는 달이 밝고 구름이 흐르고 하늘이 펼치고 파아란 바람이 불고 가을이 있고 추억처럼 사나이가 있습니다. 「자화상」中

573 일을 마치고 내 죽는 날 아침에는 / 서럽지도 않은 가랑잎이 떨어질 텐데…… // 나를 부르지 마오. 「무서운 시간」中

574 바람이 부는데 / 내 괴로움에는 이유가 없다. / 내 괴로움에는 이유가 없을까 / 단 한 여자를 사랑한 일

도 없다 / 시대를 슬퍼한 일도 없다. 「바람이 불어」 中

575 내가 사는 것은, 다만, / 잃은 것을 찾는 까닭입니다. 「길」 中

짧은 생애를 살았지만 특유의 감수성과 삶에 대한 고뇌, 독립에 대한 소망이 서려 있는 작품들로 인해 대한민국 문학사에 큰 기여를 한 문인이다. 더군다나 1930년대부터 일제의 강압과 회유책에 의한 문인들의 절필, 변절이 심화되어 1940년대쯤부터는 다수의 문인들이 절필하거나 친일파로 변절했기 때문에, 윤동주는 이육사와 더불어 1940년대를 대표하는 민족시인으로 추앙받는다.

576 가슴속에 하나 둘 새겨지는 별을 / 이제 다 못 헤는 것은 / 쉬이 아침이 오는 까닭이요, / 내일 밤이 남은 까닭이요, / 아직 나의 청춘이 다하지 않은 까닭입니다. 「별 헤는 밤」 中

577 —아아 젊음은 오래 거기 남아 있거라. 「사랑스런 추억」 中

578 인생은 살기 어렵다는데 / 시가 이렇게 쉽게 쓰여지는 것은 / 부끄러운 일이다. 「쉽게 쓰여진 시」 中

579 내일이나 모레나 그 어느 즐거운 날에 / 나는 또 한 줄의 참회록을 써야 한다. 「참회록」 中

580 우리들의 사랑은 한낱 벙어리였다. 「사랑의 전당」 中

윤동주는 독립투쟁의 일선에서 장렬하게 산화한 투사도 아니었고, 당대에 이름이 널리 알려진 시인도 아니었다. 그러나 인간을 떠나서 도를 닦는다는 것은 한낱 오락에 불과하고, 공부나 시도 생활이 되어야 한다며, 자신의 시와 삶을 일치시키려 "잎새에 이는 바람에도" 괴로워했던 그의 시 정신은 어느 투사 못지않게 치열한 바가 있었다.

작가: 윤동주尹東柱**, 1917~1945**

자신의 뜻을 굽히지 않은 저항시인으로 삶의 고뇌에 대한 시를 쓴 것으로 유명하다. 윤동주는 민족의 길과 다른 길을 걸어가는 자신의 행적을 반성하고 이에 대해 부끄러움을 느끼기도 한 진정한 민족시인이었으며, 그는 순수하게 시를 사랑했던 청년이었다. 그가 사망한 지 6개월 이후에 일제로부터 독립했으므로 생전에 조국의 독립을 보지는 못했다.

7-8

#외로움 #고뇌 #질투는 나의 힘

『입 속의 검은 잎』_기형도

얼마 전, 기형도 30주기를 맞아 여러 시인들이 모여 시집을 출간했다. 기형도의 시는 자신의 개인적인 상처를 드러내고 분석하는 데서 시작된다. 가난한 집안 환경과 아픈 아버지, 장사하는 어머니, 직장을 다니는 누이 등 어두웠던 어린 시절의 기억은 그의 시의 원체험을 형성하고 있다. 그의 시는 우울과 비관으로 점철되어 있는데, 거기에는 개인적인 체험 외에 정치 사회적인 억압이 간접적인 원인으로 자리하고 있다.

581 내 희망을 감시해온 불안의 짐짝들에게 나는 쓴다 / 이 누추한 육체 속에 얼마든지 머물다 가시라고 「정거장에서의 충고」 中

582 장님처럼 나 이제 더듬거리며 문을 잠그네 / 가엾은 내 사랑 빈집에 갇혔네 「빈집」 中

583 그리하여 나는 우선 여기에 짧은 글을 남겨둔다 / 나의 생은 미친 듯이 사랑을 찾아 헤매었으나 / 단 한 번도 스스로를 사랑하지 않았노라 「질투는 나의 힘」 中

584 내가 지나치는 거리마다 낯선 기쁨과 전율은 가득

차리니 어떠한 권태도 더 이상 내 혀를 지배하면 안 된다. 「그날」 中

585 저들은 왜 밤마다 어둠 속에 모여 있는가 / 저 청년들의 욕망은 어디로 가는가 / 사람들의 쾌락은 왜 같은 종류인가 「나쁘게 말하다」 中

「안개」는 억압적 현실 속에 개체화되어 살아가는 사람들을 표현하고 있고, 「전문가」, 「홀린 사람」 등은 기만적인 정치 현실과 무력하게 그것에 휘둘리는 사람들을 풍자함으로써 간접적인 사회 비판적 성격을 보여준다. 그러나 이러한 현실을 바라보는 시선은 극히 비관적이며 어떠한 전망도 보여주지 않는다는 것이 특징이다.

586 나를 / 한 번이라도 본 사람은 모두 / 나를 떠나갔다, 나의 영혼은 / 검은 페이지가 대부분이다, 그러니 누가 나를 / 펼쳐볼 것인가, 하지만 그 경우 / 그들은 거짓을 논할 자격이 없다 「오래된 서적」 中

587 나 그 술집 잊으려네 / 이 세상에 같은 사람은 없네 / 그토록 좁은 곳에서 나 내 사랑 잃었네 「그 집 앞」 中

588 내 얼굴이 한 폭 낯선 풍경화로 보이기 / 시작한 이후, 나는 주어를 잃고 헤매이는 / 가지 잘린 늙은 나무가 되었다. 「병」 中

589 내가 죽으면 / 내 이름을 위하여 빈 가지가 흔들리면 / 네 울음에 섞이어 긴 밤을 잠들 수 있을까. 「가을에 1」 中

590 우리는 모두가 위대한 혼자였다. 살아 있으라, 누구든 살아 있으라. 「비가2-붉은 달」 中

기형도는 너무 일찍 생의 고갈을 보아버렸고, 자신의 생을 죽음이라는 완벽한 고갈 속에 의탁해버렸다. 그러나 우리는 그의 시적 몽상을 통해 '세계의 세계'로 나아간다. 우리는 시적 몽상, 그 아름다운 세계로의 열림을 통해 현존의 영토를 비옥하게 만들고, 신생의 꿈을 꾸는 것이다. 우리는 기형도라는 도저한 검은 허무주의의 젊은 사제의 이름을 오래 기억할 것이다.

작가: 기형도奇亨度**, 1960~1989**

"나는 한동안 무책임한 자연의 비유를 경계하느라 거리에서 시를 만들었다. 거리의 상상력은 고통이었고 나는 그 고통을 사랑하였다. 그러나 가장 위대한 잠언이 자연 속에 있음을 지금도 나는 믿는다. 그러한 믿음이 언젠가 나를 부를 것이다. 나는 따라갈 준비가 되어 있다. 눈이 쏟아질 듯하다."-(시작時作 메모 中). 그의 시는 우울과 비관에 관련된 내용이 유독 많다. 출간한 작품으로는 유고 시집 『입 속의 검은 잎』(1989), 산문집 『짧은 여행의 기록』(1990) 등이 있다.

7-9

#절망과 희망 #강렬함 #자기혐오

『이 시대의 사랑』_최승자

최승자의 시는 삶에 대한 절망의 언어로 그 특징을 요약할 수 있다. 그러나 이것은 절망 그 자체로의 깊은 함몰을 의미하는 것이 아니라 절망을 통하여 더욱 강한 삶의 의지를 말하고자 하는 시적 의지를 담고 있다. 첫 시집 『이 시대의 사랑』(1981)에서는 이 시대가 파괴해 버린 삶의 의미를 천착하면서 그것의 진정한 가치를 향해 절망적인 호소를 하고 있다.

591 내가 살아 있다는 것, / 그것은 영원한 루머에 지나지 않는다. 「일찌기 나는」 中

592 개 같은 가을이 쳐들어 온다. / 매독 같은 가을. / 그리고 죽음은, 황혼 그 마비된 / 한 쪽 다리에 찾아온다. 「개 같은 가을이」 中

593 네게로 가리. / 물에 풀리는 알콜처럼 / 알콜에 엉기는 니코틴처럼 / 니코틴에 달라붙는 카페인처럼 / 네게로 가리. 「네게로」 中

594 아직 내 정신에서 가시지 않는 / 죄의 냄새, 슬픔의 진창의 죄의 냄새. 「버려진 거리 끝에서」 中

595 그러므로, 썩지 않으려면 / 다르게 기도하는 법을 배워야 했다. / 다르게 사랑하는 법 / 감추는 법 건너뛰는 법 부정하는 법. 「올 여름의 인생 공부」 中

한바탕 난장이 훑고 지나간 후의 권태와 상념에 대한 뒤돌아봄, 그리고 삶에 대한 애착과 허무를 담은 시로, 우리나라 현대시인들 중에서 인기 작가가 됐다. 작품세계가 끔찍할 정도로 어둡고, 자기 과거에 대한 노출이 적나라하다. 비극적 사랑에 의한 슬픔 혹은 인생의 덧없음에 의한 공허감, 자기연민 등을 극한까지 밀어붙이고, 이를 자학에 가까울 정도로 찢어발기며 냉소한다. 그런데 그러한 어둠이 아주 매력적이라는 게 반전이다.

596 아무도 없다 / 누구나 가 버린다 / 그리고 참으로 알 수 없는 날에 나는 / 또 다시 치명적인 사랑을 시작하고 「슬픈 기쁜 생일」 中

597 이것이 아닌 다른 것을 갖고 싶다. / 여기가 아닌 다른 곳으로 가고 싶다. / 괴로움 / 외로움 / 그리움 / 내 청춘의 영원한 트라이앵글. 「내 청춘의 영원한」 전문

598 묻지는 말고 그대여 / 눈물처럼 애욕처럼 / 그대의 혀끝으로 적셔 주려나 / 깊게, 절망보다 깊게. 「봄 밤」 中

599 밤마다 복면한 바람이 / 우리를 불러내는 / 이 무렵의

뜨거운 암호를 / 죽음이 죽음을 따르는 / 이 시대의
무서운 사랑을 / 우리는 풀지 못한다 「이 시대의 사랑」 中

600 어느새 나는 네 심장 속으로 들어가 / 영원히 죽지
않는 태풍의 눈이 되고 싶다. 「너에게」 中

삶에 대한 철저한 긍정에 도달하기 위해 세계 전체에 대한 철저한 부정을 수행하는 최승자의 시작(詩作) 방식을 두고 '방법적 절망'이라 평하기도 한다. 인간과 희망과 사랑에 대해 '전체 아니면 무'라는 비극적 전망을 궁극에까지 밀고 나감으로써 다른 누구에게서도 찾아볼 수 없는 경이로운 시 세계를 일궈내고 있기 때문이다.

작가: 최승자崔勝子, 1952~

맹문재는 1980년대의 한국 시문학사를 정리하면서 〈광주항쟁 이후 시의 양상과 특징〉이라는 제목 아래, 여성시의 확대를 그 시대의 한 특징으로 제시했다. 그러면서 최승자가 여성으로 살아가기가 얼마나 힘든지를 자학적일 만큼 드러내며 여성이 당하는 사회적 차별을 고발했다고 평했다. 시인 진은영은 자신의 시집 《우리는 매일매일》의 '시인의 말'에서 최승자를 '우리들의 시인'이라고 칭한 바 있다. 그만큼 현대 시인으로는 드물게 대중적인 인기를 얻어 박노해, 황지우, 이성복 등과 함께 시의 시대 1980년대가 배출한 스타 시인으로 꼽히기도 한다.

◇· 나오며 ·◇

향유자로서의 삶

"Humans lose three-quarters of their potential because they want to be like other people.

인간은 다른 사람처럼 되고자 하기 때문에 자기 잠재력의 4분의 3을 상실한다."

자기계발을 통해 스스로가 더 나아지려고 하는 노력은 무엇을 위해서 인지 스스로 물어본 적이 있으신가요? 우리 사회가 흔히 말하는 자기계발의 이면에는 '경쟁'이라는 단어가 숨어 있습니다. 우리는 결국 누군가를 이기기 위해 자기계발에 공을 들이는 것입니다. 하지만 자기계발의 맹점은 자기 자신이 아닌 남에 초점이 가는 것에 있습니다. 매번 타인과 자신을 비교하며 사는 사람은 과연 행복할까요?

남과의 경쟁에만 신경을 쓰기 시작하면, 막상 자신을 보는 눈은 흐려지게 됩니다. 그런데 자기 자신을 알지 못하면 올바른 계발을 할 수 없습니다. 대부분의 사람들은 그런 식으로 자신의 인생을 낭비합니다. 자기계발은 남이 아닌 나를 이기는 경쟁입니다. 알지도 못하는 나를 이길 수 있을까요?